葉月奏太

いけない人妻

復讐代行屋・矢島香澄

実業之日本社

実業之日本社文庫

いけない人妻　復讐代行屋・矢島香澄　目次

第一章　夜の訪問者

1

工場を一歩出ると、西の空が燃えるようなオレンジに染まっていた。

沈みゆく太陽をバックに、カラスの大群がねぐらへと帰っていく。ふと視線を落とせば、自分の影がアスファルトにだらりと伸びていた。

本田《ほんだ》芳郎《よしろう》は鉛のように重い足を引きずりながら歩きはじめた。

色《いろ》褪《あ》せた青いツナギはそこら中に油が飛び散り、黒っぽく変色した軍手がポケットからはみ出している。安全靴は傷だらけで、つま先に入った鉄板が一部露出していた。

いつから身なりを気にしなくなったのだろう。

かつては都内の大手商社に勤めるビジネスマンだった。スーツとネクタイが戦闘服で、毎晩遅くまでバリバリ働いていた。

三つ年下の妻と結婚して、ますます仕事に情熱を傾けるようになった。郊外の一戸建てに住みたいという妻の夢を叶《かな》えるためだ。子宝にこそ恵まれなかったが幸せな人生を歩んでいた。

それが今は大田《おおた》区にあるネジ工場でアルバイト生活を送っている。

月曜から金曜の週五日、日給八千円でこき使われていた。機械の洗浄や荷物の運搬など、要するに雑用係だ。四十一歳にもなって、二十代の若い社員に毎日怒鳴られている。だが、なにを言われても気にならなかった。

もともと無口な性格だ。商社時代は無理をしてきたが、ひとり身に戻ったので我慢する必要はなくなった。すぐに辞表を出して、できるだけ人とかかわらなくてすむ仕事を探した。

最愛の妻を亡くしたのは一年前のことだった。

あの日から芳郎の時間はとまっている。きっと妻とともに心が死んでしまったのだろう。喜びも悲しみも感じなくなっていた。ただ虚《むな》しさだけが、胸の奥に居座りつづけていた。

あの日、芳郎は仕事終わりに同僚たちと飲みに行った。

帰宅したのは深夜一時すぎ。妻がリビングで倒れているのを発見して、すぐに救急車を呼んだ。しかし、手遅れだった。心臓の持病が原因だったが、処置が早ければ助かっていた。

酒など飲まずに帰っていたら妻は命を落とさずにすんだかもしれない。途中で電話を入れていれば異変に気づけたかもしれない。同僚の誘いを断りきれず、最後に風俗店に行ったことが罪悪感に拍車をかけていた。せめてあの店に寄らず、まっすぐ帰っていれば……。

様々な後悔が押し寄せて、芳郎は身も心も打ちのめされた。

できれば引き籠もっていたかったが、それでは生きていくことができない。誰も知らないところに行きたくて、会社を辞めてこの街に移り住んだ。

町工場が立ち並ぶ地域を歩くこと十五分、芳郎のねぐらであるアパートが見えてきた。

みどり荘――木造モルタル築五十五年の全八戸。もとは白かったであろう壁は、風雨に晒《さら》されて灰色に変色している。外階段は錆《さび》だらけで、一見すると廃屋かと思うほど傷んでいた。

まともな人間が住むところに見えないが、屋根があって雨風を凌《しの》げればどこでもよかった。

これが罪滅ぼしになるとは思っていない。

それでも、みすぼらしい生活を送ることで、妻を救えなかった自分を罰したい気持ちがあった。風俗店で羽目をはずしている間、妻は生死の境をさ迷っていたのだ。ずっと自分を責めつづけている。ひとりになったことで、妻がいかに大きな存在だったかを実感していた。

一階の一番北側の部屋、一〇一号室が芳郎の部屋だ。六畳一間で風呂なし共同便所という格安物件で、住民は近隣の工場で働く者がほとんどだった。

（今日も一日、生き延びたか……）

安全靴を脱いで部屋にあがると思わずため息が漏れた。

部屋の真ん中に万年床があり、周囲には目覚まし時計とティッシュ、それに古い週刊誌と弁当やカップラーメンの空容器が転がっている。テレビもパソコンもなく、部屋のなかはがらんとしていた。

ただ寝るためだけの空間だった。

七月に入り、ずいぶん気温があがってきた。エアコンも扇風機もないので、真夏は蒸し風呂のように暑くなる。とにかく淀《よど》んだ空気を入れ換えようと窓を開け放った。

しかし、アパートの裏手には自動車部品を作っている工場がある。窓のすぐ外にトタンの壁が迫っているため、風がほとんど通らない。日の光もろくに差しこまず、部屋のなかは常にじめっとしていた。

薄暗いので蛍光灯の紐《ひも》を引いた。和風の笠《かさ》のなかの丸形蛍光灯が、二、三度点滅してから青白く光った。

「暑っ……」

額に汗がじんわり滲《にじ》んだ。

ポケットから携帯電話を取り出して、枕もとに転がした。職場との連絡に必要なだけで、プライベートで使うことはまずなかった。

汗と油にまみれたツナギを脱ぎ、壁のフックに吊《つ》りさげた。靴下も脱ぎ捨てると、白いTシャツとグレーのボクサーブリーフだけになる。部屋ではいつもこの格好だった。

歩いて数分のところに銭湯があるが、今日は行くのが面倒だ。流しで顔をバシヤバシャ洗い、きつく絞った濡《ぬ》れタオルで体を拭いて終わりにする。タオルを適当にゆすいで干したとき、腹がグゥッと盛大な音を立てた。

(……メシでも食うか)

無気力でも腹は減る。

いや、腹が減ってメシを食う気力があるのだから、完全に無気力とは言えないのかもしれない。

(ふっ……みっともないな)

胸のうちで自虐的につぶやいた。

まだ生きることに執着している自分が滑稽だった。妻を亡くして絶望したのではなかったか。それなのに自分で命を絶つ勇気もなく、こうして生き長らえているのだ。

(貴子《たかこ》……俺はまだ近くにいけそうにないよ)

亡き妻の顔を脳裏に思い浮かべて語りかけた。

妻は微笑を湛《たた》えるだけで、なにも答えてはくれない。いつものやさしい瞳で見つめてくるだけだった。

とりあえず買い置きのカップラーメンを食べようと、やかんに水を入れて火にかけた。

流しの横にはインスタントラーメンとカップラーメン、それに缶詰の買い置きがある。どうせひとりなので空腹が満たせればなんでもいい。手前にあった醬油《しょうゆ》ラーメンを選ぶと、ビニールの包装を破って準備をした。

肉体労働をこなしているのにインスタント食品ばかり食べているせいか、気づくとすっかり痩せこけてしまった。正確な体重は計っていないが、商社マン時代に穿《は》いていたジーパンがぶかぶかになっていた。

煎餅布団にごろりと横になり、湯が沸くのを待った。

天井には無数の染みが滲んでいる。壁紙は茶褐色で、もとの色がわからなかった。畳は色褪せているうえに、そこら中がささくれ立っていた。

こうして横になっていると、だんだん食事を摂《と》るのが面倒になってきた。このまま寝てしまおうかと思ったそのときだった。

コンッ、コンッ――。

ドアをノックする音が聞こえた。

呼び鈴がないので訪問者はドアをノックするしかない。そして、たいていは大声で呼びかけてくる。芳郎は表札を出していないので「すみません」という声が聞こえてくるはずだった。

知り合いが訪ねてくることはまずない。

芳郎の両親はずいぶん前に亡くなっているし、兄弟もいなかった。懇意にしている親戚もいない。妻を亡くしてから友人とのつき合いも断っており、連絡先は誰にも教えていなかった。

コンッ、コンッ――。

再びノックする音が聞こえた。

郵便や宅配便が届く予定はなかった。どうせ新聞か宗教の勧誘だ。そんなものに対応するつもりはない。放っておけば諦めて帰るだろう。相手にしても疲れるだけだった。

コンッ、コンッ、コンッ――。

部屋の明かりが漏れているのか、執拗《しつよう》にノックする音が響いていた。

（しつこいな、誰だよ）

いい加減うるさいので、体を起こして玄関に向かった。そしてドアスコープから確認することなく、勢いよくドアを開いた。

（おいっ……）

喉もとまで出かかった言葉をとっさに呑《の》みこんだ。

ドアの外にはひとりの女性が立っていた。怯《おび》えたように肩をすくめて、儚《はかな》げな瞳で見つめてくる。目が合った瞬間、爆発しそうだった苛立《いらだ》ちは一気に萎《しぼ》んでいった。

年のころは三十前後だろうか。ダークブラウンの髪が、白いブラウスの肩先を撫《な》でている。濃紺のフレアスカートは膝を隠す丈で、ナチュラルベージュのストッキングに包まれた臑《すね》が覗《のぞ》いていた。

一見したところ普通の主婦のようだ。少なくとも新聞や宗教の勧誘には見えない。なにかを売りつけるような雰囲気もないが、どこか切羽つまった表情なのが気になった。

「あ、あの……」

彼女は周囲をさっと見まわすと、なぜか声を潜めて切り出した。

「噂《うわさ》を聞いてお願いにあがりました」

人に聞かれたくないのか、ひどく抑えた声だった。

整った顔立ちをしているが頬がこわばっている。緊張しているのは、芳郎のTシャツにボクサーブリーフという格好を見たせいではない。誰かに追われているかのように、しきりに背後を気にしていた。

（噂ってなんだ？）

芳郎は口を開かなかった。

近所に住んでいる主婦だろうか。苦情でもなければ、このボロアパートを訪ねてくる理由がわからない。ただ無表情に女の顔を見つめて、真意を探ろうとしていた。

「引退したという噂もうかがっております。でも、どうしてもお仕事を依頼したくて、不躾《ぶしつけ》とは思いましたが訪ねてきました」

芳郎は思わず眉間に皺《しわ》を寄せて、女の瞳をじっと覗きこんだ。

さっぱり意味がわからない。新手の勧誘かとも思ったが、彼女からはその手の匂いがいっさい感じられなかった。

無言のときが流れていく。玄関ドアを開け放った状態で、芳郎と見知らぬ女性は向かい合っていた。

「も……申し遅れました」

事態を打開しようとしたのか、彼女は急に自己紹介をはじめた。

白羽友里恵《しらはゆりえ》、三十歳で既婚者だという。四つ年上の夫は銀行員で、まだ子供はいない。結婚を機に仕事を辞めて今は専業主婦になっていた。

聞いてもいないのに、なぜか彼女は自分のことを語りつづける。プロフィールを伝えることで、信用を得ようとしているかのようだ。芳郎はますますわけがわからなくなり、不信感を募らせていた。

（なんだか面倒だな）

どうやって追い返そうか、そのことしか頭になかった。

「お願いします。どうか話だけでも――」

そのとき、やかんがピーッと激しい音を立てはじめた。

芳郎は火をとめようと、無言でキッチンに向かった。そして振り返ると、友里恵が玄関に入ってドアを閉めていた。

「おい……」

「勝手にすみません。人に見られたくなかったもので」

なにか深刻な事情があるのかもしれない。縋《すが》るような瞳を向けられて、追い出すのを躊躇《ちゅうちょ》してしまった。

「話だけでも聞いていただけませんか」

普段は淑《しと》やかな女性なのだろう、柔らかい声音が芳郎の鼓膜をやさしく振動させた。

その瞬間、亡き妻の面影が脳裏をよぎった。

妻の貴子は物静かな女性で、いつもおっとりした口調で話しかけてきた。ほんの一瞬、妻の姿が友里恵に重なった。

「どうか……どうかお願いします」

再び穏やかな声が耳孔《じこう》に流れこんできた。

もちろん友里恵はまったくの別人だ。だが、亡き妻への罪悪感がよみがえり、どうしても突っぱねることができなかった。

「……ラーメンを食べる間だけなら」

もしかしたら人恋しかったのかもしれない。芳郎は彼女の必死さに押される形で、ついうなずいてしまった。

2

芳郎は煎餅布団に腰をおろして胡座《あぐら》をかいていた。

目の前の畳には湯を注いだカップラーメンが置いてある。週刊誌を上に載せて蓋が開かないようにしていた。

友里恵は困惑した様子で立ちつくしている。なにしろ椅子も座布団もないので居場所を見つけられずにいた。

「座れよ」

芳郎はぶっきらぼうに言い放った。

気を使ったわけではない。目の前に立っていられると、ラーメンを食べづらいと思っただけだ。

（どうかしてたな……）

早くも見知らぬ女性を部屋にあげたことを後悔していた。

このアパートに移り住んで一年が経《た》つ。その間、誰もこの部屋に来たことがない。これまで人とかかわらないように暮らしてきた。それなのに初対面の女性を部屋にあげてしまった。

いくら妻の面影を見たとはいえ、友里恵は赤の他人だ。やはりどうかしていたとしか思えなかった。

友里恵は迷った末に、芳郎の斜め向かいの位置に腰をおろした。

畳がささくれ立っているので痛そうだが、彼女は膝をきちんとそろえて正座をする。朽ち果てそうなボロアパートに似つかわしくない女性だ。しかし、そんなことは芳郎にとってどうでもよかった。

「突然の訪問、お許しください」

友里恵があらたまった様子で頭をさげた。

緊張しているのは相変わらずだが、部屋にあがったことで少し落ち着いたようにも見えた。

「いろいろと噂はうかがっていたのですが、事前に連絡を取る方法がわからなかったんです」

芳郎の顔色をうかがうように慎重に言葉を紡いでいる。

やはり話がまったく見えないが、あえて追及するつもりもない。ラーメンを食べ終えたら、すぐに追い出すつもりだ。とにかく人とかかわりたくない。会話をすると長くなるので無反応を貫いた。

「打ち合わせ場所は『みどり荘の一〇一号室』だと聞いたものですから、直接お会いしようと思いまして――」

友里恵は知り合いに聞いたり、インターネットで調べたりして情報を集めたという。それでも断片的なことしかわからず、恐るおそる訪ねてきたらしい。つまりはどんな相手か知らないままやってきたのだ。先ほどから探るような目をしているのは、そういう事情があったからだろう。

(悪いが人違いだ)

口に出すのも面倒だった。とにかく早く出ていってくれ、と腹のなかで吐き捨てた。

友里恵が誰を訪ねてきたのか知らないが、自分とはまったく関係ないことだけは確かだ。芳郎は彼女の言葉を聞き流し、カップラーメンの蓋を剝がした。箸で搔《か》き混ぜると、さっそく麺をすすりあげる。食べ飽きた味だが、空腹が満たせればそれでよかった。

「お会いできてよかったです。細身だけど腕はすごいと聞いています」

友里恵が熱心に語りかけてくるが、芳郎はいっさい答えずにいた。

よほど切羽つまっているようだ。確かにここはみどり荘の一〇一号室で、芳郎は痩せこけている。たったそれだけの情報で、芳郎のことを探している人物だと思いこんでいた。

(まったく……)

心のなかで舌打ちをする。とっとと追い出そうと、ラーメンを急いで胃に収めていった。

「あの……誰かの紹介がないと依頼できないのでしょうか」

不安げに尋ねてくるが、芳郎は無言でラーメンを食べつづける。なにを言っているのかさっぱりわからないので答えようがなかった。

「手付金が必要なのですよね。でも、相場を知らなくて……」

友里恵は持参したバッグに手を伸ばした。

ますます面倒なことになりそうだ。一刻も早く追い返した方がいい。芳郎はカップの縁に口をつけるとスープを一気に飲み干した。そして顔をあげたとき、畳に置かれたものが目に入った。

「な……」

一万円札の束だ。帯封ではなく輪ゴムで留められている。いくらあるのか、それなりの厚みがあった。

「ここに百万円あります。これで話を聞いてもらえませんか」

友里恵にまっすぐ見つめられて、芳郎はなにも答えることができない。手付金に百万円も用意するとは、いよいよ只事《ただごと》ではなかった。

「成功報酬はおっしゃっていただいた額をお支払いいたします。一括というわけにはいきませんが、何年かかっても必ず……だから、お願いします」

絞り出すような声で言うと、友里恵は腰を折って額を畳に擦《こす》りつけた。

いったい、なにが起こっているのだろう。必死に懇願されればされるほど、芳郎は困惑してしまう。

(仕事って……どんな仕事なんだ)

肯定も否定もせず固まっている芳郎を見て、了承してもらえたと判断したらしい。友里恵は静かに語りはじめた。

「じつは半年ほど前、車で追突事故を起こしてしまったんです。夫に知られないように示談《じだん》ですませようとしました。それがいけなかったんです」

よくわからないが、とにかく彼女は厳格な夫に嫌われるのを恐れているようだった。

夫は典型的な仕事人間で、家のことはすべて妻にまかせているという。何事にも完璧を求めるタイプなため、交通事故を起こしたことなどとても話せなかったらしい。

「へそくりでなんとかなると思っていました」

ところが後日請求された車の修理代と慰謝料は膨大だった。

当然ながらへそくりでは足りず、審査が甘い街金融で借金をしたという。だが、すぐに返済は滞った。

「それで返済を待ってもらう代わりに、詐欺の手伝いをさせられて……」

「詐欺？」

つい聞き返してしまう。

いよいよおかしな話になってきた。あまりにも胡散臭《うさんくさ》くて、黙って聞いていられなかった。

「はい……オレオレ詐欺とか、振り込め詐欺とか……悪いことだってわかっていたんですけど……」

友里恵は言いにくそうにつぶやいた。

どうやら特殊詐欺グループが裏にいるようだ。

弱みにつけこみ、被害者から現金を受け取る役割の「受け子」や、ＡＴＭから現金を引き出す「出し子」をやらされているらしい。どちらも高齢者を狙った卑劣極まりない犯罪だった。

（もしかしたら……）

追突事故も仕組まれたものではないか。

後ろから煽《あお》ることで気が散っているうちに、前の車が急ブレーキを踏んで追突させる。そして示談にして大金を毟《むし》り取るのが当たり屋の手口だ。だが、金を取るだけでは飽き足らず、借金を背負わせたうえに詐欺の片棒を担がせているのだとしたら……。

（でも、俺の知ったことではない）

人を騙《だま》して金儲《もう》けをするなど最低の連中だと思うが、他人のことには興味がなかった。

「金をしまえ」

あえて無表情でつぶやいた。

彼女がかかわっているのは明らかに犯罪だ。話を聞いたところで助けることはできない。誰と勘違いしているのか知らないが、おかしなことに巻きこまれるのは御免だった。

「そんなこと言わないでください」

友里恵が縋るような瞳を向けてきた。

気の毒だと思うが、中途半端に同情して期待されたら厄介なことになる。非力な自分にできることはなにもないのだ。

「そんな……このお金はみんなで出し合ったものなんです」

友里恵はささくれ立った畳に両手をつき、身を乗り出してきた。前屈《まえかが》みになったことで、ブラウスの襟もとが大きく開く。乳房の谷間がチラリと覗き、芳郎は慌てて視線をそらした。

久々に目にした女性の肌だった。ほんの一瞬の出来事だが、肌理《きめ》の細かい柔肌と白いブラジャーの精緻なレースが確認できた。邪《よこしま》な感情が湧きあがり、慌てて小さく息を吐き出して欲望を抑えこんだ。

（な……なにを考えてるんだ）

多少なりとも発情している自分が意外だった。

妻を亡くしてから性欲は消えてしまったと思っていた。それなのに会ったばかりの女性に対して、性的な魅力を感じている。自分がまだ牡《おす》だったと知り、こんなときだというのに苦笑が漏れた。

「おかしいですか……」

友里恵が悲しげな瞳を向けてくる。どうやら芳郎に笑われたと勘違いしたようだった。

「もう帰ってくれ」

「そうですよね。借金が原因で詐欺の手伝いをさせられているなんて、間抜けすぎて笑えますすよね」

「いや――」

「いいんです。そのとおりですから」

芳郎は誤解を訂正しようとするが、友里恵に遮られてしまう。そして、彼女はあらたまった様子で見つめてきた。

「わたしだけではないんです。知り合いが何人も……」

様々な事情で目をつけられた人妻たちが、特殊詐欺グループに引きこまれて犯罪の手伝いを強要されているという。こんなことが現実に起こっているとは驚きだった。

（でも、やっぱり力にはなれない）

胸の奥が微《かす》かに痛んだ。

まさか犯罪に巻きこまれるとは思いもしなかったのだろう。友里恵は悪事に荷担することになり苦しんでいた。彼女にも落ち度があったとはいえ、なにより罰せられるべきは特殊詐欺グループの連中だ。

「警察に行ったほうがいい」

芳郎に言えるのはそれだけだった。

これ以上、罪を重ねるべきではない。被害者を増やさないためにも、警察で知っていることを洗いざらい話したほうがいい。ところが友里恵は瞳に涙を溜《た》めて、首をゆるゆると左右に振った。

「それができないから、こうしてお願いにあがったのです」

切実に訴えられて芳郎は動揺していた。

警察に行けば、どんな弱みを握られたのか根掘り葉掘り聞かれるだろう。それらはいずれ家族の耳にも入るはずだ。友里恵はなにより夫に捨てられることを恐れていた。

「離婚されてしまいます……わたし、ひとりになったら生きていけません」

瞳から大粒の涙が溢《あふ》れて頰を伝い落ちていく。

きっと家庭を大切に思う気持ちが強いから告発できず、ますます深みに嵌《は》まっていくのだろう。ひとりになる淋《さび》しさをいやというほど知っているから、芳郎の胸に同情が湧きあがった。

「あの人たちが二度と詐欺などできないようにしてください」

友里恵が真剣な瞳で懇願してきた。

「いや、だから――」

「お願いします！」

いったい誰と間違えているのだろう。芳郎は生きる気力すらなくした中年男にすぎない。そんなだらしない男が、極悪の犯罪者集団と戦うことなどできるはずがなかった。

「俺はあんたが探していた人じゃない」

芳郎はぼそぼそとした口調で語りかけた。

「この部屋を見ればわかるだろう。まったくの別人なんだよ」

はっきり告げたつもりだ。これで引きさがってくれると思ったが、そうはならなかった。

「別人になって過去を忘れたいのですね。引退して静かに暮らしているところ、本当に申しわけないと思っています」

「そうじゃない――」

「でも、もう一度だけ復讐《ふくしゅう》代行屋に戻っていただけませんか」

友里恵の唇から思いも寄らない単語が紡がれた。

復讐代行屋――。

そんなものが本当に存在するのだろうか。

映画や小説の世界の話ではないのか。予想外のことに絶句して、とっさに言葉が出なくなってしまった。

とにかく友里恵は完全に誤解していた。しかし、彼女は自分が間違っているとは微塵《みじん》も思っていない。それが問題だった。

「どうしても依頼を受けてほしいんです」

「ちょ、ちょっと聞いてくれ……」

なんとか言葉を絞り出す。ところが友里恵は小さく首を振り、聞く耳を持とうとしなかった。

「ごまかさないでください。無理を承知でお願いにあがりました」

頑《かたく》なな表情が事態の深刻さを物語っていた。

芳郎が依頼を突っぱねているので、なんとかして説得しようと必死だった。この様子だと、なにを言っても納得しないだろう。

（まいったな……）

目の前に置いてある金をチラリと見やった。

借金があるのに、これだけの金を用意したのだ。どれだけ大変だったか、それを思うと胸が締めつけられた。

「足りないんですね。でも、今はこれしか持ってないんです」

首を縦に振ろうとしない芳郎を見て、友里恵は手付金が少なくて渋っていると勘違いしたらしい。申しわけなさげにつぶやくと、なにかを考えこんで下唇を噛《か》みしめた。

「わかりました」

しばらく黙っていたが、友里恵は意を決したように立ちあがった。

「窓を閉めさせてください」

開け放っていた窓とカーテンをぴったり閉める。そして再び目の前に戻ってくると、芳郎の目をまっすぐ見つめて静かに唇を開いた。

「手付金の足りない分は、これで許してください」

これまで以上に穏やかな声音だった。

友里恵はスカートのホックをはずすと、そろそろとおろしはじめた。さらにはストッキングも前屈みになりながらゆっくり引きさげて、つま先から交互に抜き取った。

3

目の前で起こっていることが理解できず、芳郎は思わず眉間に深い縦皺を刻みこんだ。

(な……なんだ?)

人妻の生脚が剝《む》き出しになっている。内腿《うちもも》をぴったり閉じて、ブラウスの裾がかろうじて股間を隠していた。彼女が恥ずかしげに身じろぎするたび、ブラウスの裾が揺れて想像力が掻き立てられた。

「わたしにできるのは、これくらいしか……」

友里恵は耳までまっ赤だった。

ほっそりした指でブラウスのボタンを上から順にはずしていく。前がはらりと開き、純白のブラジャーとパンティが露《あら》わになる。白くて平らな腹と縦長の臍《へそ》が見えて、ますます視線が吸い寄せられた。

「や、やめるんだ」

芳郎が口を開くと同時に、友里恵はブラウスを腕から抜き取った。

これで女体に纏《まと》っているのはブラジャーとパンティだけだ。カップで寄せられた乳房が魅惑的な谷間を形成している。腰は女性らしいS字の曲線を描き、尻は左右にしっかり張り出していた。

「はぁっ……」

羞恥に身を焼かれているのだろう。友里恵は熱い吐息を漏らして、腰を悩ましくくねらせた。

彼女は普通の人妻だ。夫婦仲も特に悪いわけではないらしい。それなのに見知らぬ男の前で服を脱いでいる。犯罪に巻きこまれたことで、そこまでしなければならないほど追いつめられていた。

「ここに来ると決めたときから、覚悟していたことですから」

言葉の端々から強い決意が伝わってくる。

なにしろ友里恵は復讐代行屋という怪しい人物を訪ねてきたのだ。最初から身《か》体《ら》を要求される可能性も考慮していたのだろう。

友里恵は小さく息を吐き出すと、両手をゆっくり背中にまわしていく。ブラジャーのホックをプツリとはずし、力を失ったカップが乳房の弾力に押されて小さく揺れた。

（おっ……）

無意識のうちに身を乗り出してしまう。

手を伸ばせば届く距離に、人妻の熟れた女体がある。廃人のように生きてきた芳郎も、思いがけない展開に感情を動かされていた。

「ああ……」

彼女の唇から熱い吐息が溢れ出した。

覚悟を決めていたと言っても、恥ずかしいことに変わりはないのだろう。友里恵は腕で乳房を覆い隠すと、ブラジャーを慎重に抜き取った。

「も、もうやめるんだ」

口ではそう言いつつ、芳郎の視線は彼女の胸もとに釘付《くぎづ》けだった。

まだバストトップは見えていない。腕で押された双《ふた》つの乳房がプニュッと柔らかくひしゃげている。久しぶりに女体を目にしたことで、忘れかけていた牡の欲望が刺激された。

「わたしの身体で……お支払いします」

「や……やめろ」

「そんなに見られたら……」

友里恵の声は消え入りそうだった。

自分で脱いでおきながら懸命に肌を隠そうとする。そうやって恥じらいを忘れないところにますます惹《ひ》きつけられた。

「どうか、これで……依頼を受けてください」

友里恵はかすれた声でつぶやき、パンティもおろしはじめる。乳房から腕を離したことで、ついに双つのふくらみが露わになった。

（おおっ……）

芳郎は思わず腹のなかで唸《うな》り、目を大きく見開いた。

大きすぎず小さすぎず、ほどよいサイズの乳房がプルルンッと弾んでいる。白くてなめらかな肌が目に鮮やかだ。緩やかなふくらみの頂点では淡いピンクの乳首が揺れていた。

パンティをつま先から抜き取ったことで、ついに友里恵は生まれたままの姿になった。ゆっくり身体を起こすと、顔が羞恥に火照っている。それでも、もう裸体を隠そうとはしなかった。

蛍光灯の青白い光が、人妻の女体を照らしている。薄汚い部屋のなかで、陶磁器のように白い肌が眩《まばゆ》く輝いていた。

「ま、待て、人違いだ」

「まだ、そんなことを……あなたしか頼む人がいないんです」

「ち、違う……違うんだ」

もう熟れた女体から目が離せなかった。

とくに恥丘を彩る陰毛に視線が惹きつけられる。漆黒の縮れ毛は小判形にしっかり刈りこまれていた。夫以外の男に見られることを想定して、あらかじめ手入れをしていたのかもしれない。

どんな気持ちで陰毛の処理をしていたのだろう。彼女のつらい気持ちを考えると、異様な興奮が湧きあがる。股間に血液が流れこみ、ペニスがむくむくと頭をもたげはじめた。

「うっ……」

ボクサーブリーフが内側から持ちあげられて、瞬く間に大きなテントを張ってしまう。布地にペニスの形がはっきり浮かび、先端部分には黒っぽい染みがひろがっていた。

「まだ、お名前を……」

友里恵がすっと歩み寄り、芳郎の隣で横座りする。甘いシャンプーの香りが鼻先をかすめて、反射的に大きく息を吸いこんだ。

「なんてお呼びすればいいですか？」

裸の人妻が濡れた瞳で尋ねてくる。

腕にすっと手を添えられると、それだけで胸の鼓動が速くなった。なにしろ女性に触れられるのは妻が亡くなって以来だ。しかも熟れた女体を晒しているのだから刺激は強烈だった。

「わたしのことは友里恵と呼んでください」

耳に唇を寄せられてフーッと息を吹きこまれると、途端に全身の血液がいっせいに沸き立った。さらに耳たぶをやさしく甘嚙みされた瞬間、毛穴という毛穴から汗がどっと噴き出した。

「ううっ、は、離れてくれ……」

弱々しい声しか出なかった。人妻に迫られて、どうしても拒絶できない。明らかに人違いだが、この誘惑に流されたい気持ちが芽生えていた。

「お名前を教えていただけませんか」

再び友里恵が尋ねてくる。耳の穴に舌をヌルリと入れられて、芳郎はたまらず腰をよじりながら口を開いた。

「ううっ、ほ、本田……よ、芳郎……」

「本田さんですね」

友里恵がさらに身を寄せてくる。乳房が二の腕に押し当てられて、奇跡のような柔らかさが伝わってきた。

「一所懸命しますから……よろしくお願いします」

依頼を受けてもらうために無理をしているのだろう。涙目になりながら寄り添ってくる。そして震える指を伸ばすと、ボクサーブリーフのふくらみに恐るおそる触れてきた。

「ううっ」

裏筋のあたりをすっと撫であげられただけで、ジーンと痺《しび》れるような感覚がひろがった。

「あ……硬い」

友里恵は思わずといった感じでつぶやき、顔をさらに赤く染めあげた。

決して奔放なタイプではない。おどおどした様子が経験の少なさを物語っている。おそらく浮気をしたことなどないのだろう。そんな貞淑そうなところも亡き妻に重なった。

（俺は、どうすれば……）

突き放すべきなのはわかっている。

しかし、どうしようもなく胸が高鳴ってしまう。久しぶりに女性の裸体を目にして、しかもボクサーブリーフの上から陰茎に触れられている。すでにペニスはガチガチに勃起して先走り液を溢れさせていた。

亡き妻のことは常に頭の片隅にある。

だが、拒絶できない。体に直接触れられる刺激は、妻の思い出を簡単に吹き飛ばしてしまう。孤独に暮らしてきた男にとって、これほど心を揺さぶられることはなかった。

「もっと触ってもいいですか？」

芳郎が答える前に、友里恵はボクサーブリーフの上から太幹をそっとつかんでくる。指をしっかり巻きつけると、まるで硬さを確かめるようにニギニギと握りこんできた。

「うっ……ううっ」

「すごく硬いです」

息がかかるほど顔が接近している。甘い吐息が鼻腔《びこう》をくすぐり、男根がさらに硬さを増してピクッと跳ねた。

「あンっ……元気になってます」

友里恵が至近距離から見つめて囁《ささや》きかけてくる。亀頭の先端から我慢汁が染み出すのがわかり、たまらず腰をもじもじと動かした。

「こ、これ以上は――んんっ」

唇が重なったことで芳郎の声は遮られてしまう。

人妻がペニスを握ったままキスしてきたのだ。蕩《とろ》けるように柔らかい唇の感触に陶然となり、芳郎は胡座をかいた状態で目を閉じた。

キスされたことで体から力が抜けていく。肩を押されて煎餅布団の上で仰向《あおむ》けになった。その間も唇はぴったり密着しており、やがて舌がヌルリとすべりこんできた。

「はあっ……」

友里恵が吐息を漏らしながら芳郎の口内を遠慮がちに舐《な》めてくる。

頬の内側や歯茎を舌先でツツーッとなぞられて、背筋がゾクゾクする快感が走り抜けた。

ぎこちない舌の動きが、なおさら欲望を掻き立てる。逡巡《しゅんじゅん》しつつも柔らかい舌先を這《は》わせて、粘膜をやさしくくすぐってきた。芳郎は仰向けになっているため、彼女の唾液が自然と口内に流れこんでくるのもたまらなかった。

（ああ、なんて甘いんだ）

とろみのある唾液を躊躇することなく飲みくだす。甘露のような味を堪能《たんのう》することで、芳郎の全身はさらに敏感になった。

「失礼します」

友里恵はボクサーブリーフに指をかけると、じりじりおろしはじめた。

まずは張りつめた亀頭が覗き、やがて野太く成長した太幹が露わになる。最終的にビイインッとバネ仕掛けのように跳ねあがり、濃厚な牡の匂いが六畳間にひろがった。

「お、大きい……」

友里恵が圧倒された様子で目を見開いた。

口もとに手をやり、そそり勃《た》つ肉柱を見つめてくる。よほど驚いたのか、それきり言葉を失ってしまった。

「ご、ごめんなさい……あんまり違うので」

どうやら夫と比べていたらしい。友里恵は動揺を隠せない様子で、おどおどと視線をそらしていく。それでも気を取り直すと、芳郎の脚の間に入りこんで正座をした。

「あまり得意じゃないですけど……」

両手を伸ばして陰茎に触れてくる。根元にそっと手を添えると、前屈みになって亀頭にチュッと口づけした。

「くうっ、ま、まさか……」

彼女がしようとしていることを悟り、芳郎は思わず身構えた。

(貴子もしなかったことを……)

妻には口で愛撫《あいぶ》されたことがない。極度の恥ずかしがりで、しかも性に関しては消極的だった。

この手の愛撫は、妻が倒れた夜に風俗店でされたのが最後だ。だからこうして亀頭に口づけされているだけでも罪悪感がよみがえり、それと同時にゾクゾクするような快感が突き抜けた。

「あンっ……すごく熱いです」

友里恵は吐息まじりにつぶやき、上目遣いに見つめてくる。そして我慢汁が付着するのもかまわず、ついばむようなキスの雨を降らせてきた。

「うっ……うう っ……」

唇が触れるたび、小さな声が漏れてしまう。

キスされるだけでも気持ちいいのに、ついに友里恵はペニスの先端をぱっくり咥《くわ》えこんできた。

「あふンっ」

「ぬううッ！」

柔らかい唇がカリ首に密着したことで、快感電流が全身を駆け抜ける。たまらず両脚がつま先までピーンッと伸びきった。

（ま、まさか、こんなことが……）

あの夜以来のフェラチオだ。己の股間を見おろせば、友里恵が男根を口に含んでいる。妻もしてくれなかったことを、先ほど出会ったばかりの女性にされていた。

「や、やめろ――うむッ」

拒絶しようとするが無理だった。視覚的にも性感を刺激されて、新たな先走り液がトクンッと溢れ出した。

「ああンっ……お汁がいっぱい」

友里恵がくぐもった声でつぶやき、咥えたままの亀頭を吸いあげる。そして喉を上下させるとカウパー汁を飲みくだした。

ふっくらして柔らかい唇が、バットのように硬直したペニスの表面をじりじり滑っていく。そうやって太幹を少しずつ呑みこみ、やがて長大な肉柱がすべて口内に収まった。

「はふンっ」

亀頭が喉の奥に当たっている。友里恵は涙目になって見あげてくるが、決してペニスを吐き出そうとしなかった。

「そ、そんなに奥まで……」

芳郎のほうが困惑してしまう。ところが友里恵はゆったり首を振り、唇で太幹をしごきはじめた。

「ンっ……ンっ……」

ピンクの唇から微かな声が漏れている。友里恵はあまり慣れていないのか、あくまでもゆっくり頭を上下に揺らしていた。

唾液と我慢汁がミックスされて潤滑油となり、唇がヌルヌル滑るたびに陰茎をコーティングしていく。蕩けるような感覚が気持ちよくて、芳郎は思わず両手でシーツを強く握りしめた。

（ど、どうして、こんなことに……）

芳郎の頭は混乱してパニックを起こしかけていた。

淑やかな人妻が唇でペニスをねぶりあげている。こんなことをするとは思えない物腰の柔らかい女性だった。

「すごく硬くて大きいです、あふンンっ」

「ううッ……ま、待ってくれ」

たまらなくなって声をかけるが、彼女はまったくやめる気配がない。スローペースで首を振り、反り返った肉柱をしゃぶりつづけた。

「ンふっ……はむっ……あふンっ」

「や、やめてくれ……ゆ、友里恵さん」

このままつづけられたら、あっという間に暴発してしまう。たまらず名前を呼ぶが、それをきっかけに彼女の首振りが加速した。

「ンッ……ンッ……ンンッ」

「くううッ、ちょ、ちょっと……ううッ、も、もうっ」

無意識のうちに股間をググッと迫《せ》りあげる。亀頭が喉の奥に到達するが、友里恵はかまうことなく吸茎した。

「あふうううッ！」

「おおおッ、も、もうダメだっ、おおおッ、くおおおおおおッ！」

ついに唸り声を振りまきながら、思いきりザーメンを放出してしまう。人妻の口内でペニスが跳ねまわり、先端から勢いよく白濁液が噴き出した。

「はむうううッ……ンンッ……ンンンッ」

友里恵は決して唇を離すことなく、欲望の丈《たけ》をすべて受けとめる。しかも注がれる側《そば》から喉を鳴らして飲みくだした。

「おおおッ……ゆ、友里恵さん」

射精後も友里恵はペニスを離そうとしない。しっかり咥えこんだまま、頬をぼっこり窪《くぼ》ませて吸引している。そして尿道に残っているザーメンまですべて吸い出すと、ようやくペニスを解放した。

「はぁっ……たくさん出ましたね」

友里恵は股間から顔をあげて見つめてくる。瞳はしっとり潤んでおり、唇の周囲が涎《よだれ》でヌラリと光っていた。

4

「な、なにを……」

フェラチオでたっぷり射精したにもかかわらず、友里恵はほっそりした指をペニスに巻きつけてきた。

唾液とザーメンにまみれている陰茎をヌルヌルとゆったりしごかれる。絶頂の余韻が濃厚に漂っているところに、休む間もなく甘美な刺激が強制的に送りこまれてきた。

「ぬううッ、や、やめてくれ」

たまらず股間が跳ねあがる。強すぎる快感に耐えられず、そのまま腰を右に左によじらせた。

「ああンっ、すごいです。まだ硬いなんて……」

友里恵がうっとりした様子で囁き、陰茎に巻きつけた指を滑らせる。ヌルリッ、ヌルリッとしごかれるたび、股間から脳天まで快感が突き抜けた。

「も、もう……くううッ」

「ああっ、どうしてこんなに……」

まだペニスが硬度を保ったままなのが不思議なのだろう。すべてを口で受けとめて嚥下《えんげ》したのだ。どれだけ大量だったかは、友里恵が一番よくわかっているはずだった。

「夫は一度出したら、もう……」

太幹をゆるゆる擦りながら、友里恵がぽつりとつぶやいた。

直後にはっとした様子で視線をそらすが、指はしっかり陰茎に巻きつけたままだった。

おそらく彼女の夫は一度射精すると、しばらく回復しないのだろう。だが、ほとんどの男がそうではないか。芳郎も例外ではない。性欲が特別強いわけではなかった。

それなのにペニスは雄々しくそそり勃っていた。

亀頭はパンパンに張りつめて、竿《さお》の部分には太い血管が稲妻状に浮かびあがっている。一年前に妻を亡くして性欲はすっかり減退していた。だから勃起しつづけていることが自分でも意外だった。

（どうなってるんだ？）

まるで十代に戻ったように興奮していた。

亡くなった妻が相手でもこんなことはなかった。麗しい人妻に思いがけず迫られたことで、忘れかけていた牡の欲望に火がついたらしい。とにかく全身の血液が沸き立ち、かつてない力が股間に漲《みなぎ》っていた。

「ああ……またお汁が出てきました」

友里恵が熱い吐息を漏らし、陰茎をゆるゆると擦りあげる。遠慮がちな囁きだが、その声には畏怖の念がこめられている気がした。

尿道口から新たなカウパー汁が次々と溢れ出している。亀頭全体にしっとりひろがり、やがて肉竿にも流れ落ちていく。彼女の指も濡らすが、かまうことなくしごかれた。

「ううっ……うううっ」

もう芳郎は呻《うめ》くことしかできない。蕩けるような悦楽が生じて、突きあげた股間をガクガクと震わせた。

「どんどん硬くなってます……ああっ、どうしてですか?」

尋常ではない牡の性欲に圧倒されているのかもしれない。友里恵の呼吸がどんどん荒くなっていく。ペニスをしごきながら、彼女も腰を微かにくねらせはじめていた。

「やっぱり、普通の人とは違うのですね」

友里恵は芳郎のことを復讐代行屋だと勘違いしている。だから夫とは違って当然と思っているようだ。

「俺は……ち、違うんだ」

男根を握られたままつぶやくが、もう言葉に力が入らない。快感に全身が震えて、強く否定することができなかった。

「わかっています。本田さんはスゴ腕の復讐代行屋さんです。普通の人とは違います」

「そ、そうじゃない――」

「そうですよ。だって、ほら、こんなに硬くて大きい」

陰茎をしごくスピードが速くなる。もうしゃべることができなくなり、芳郎はされるがままになっていた。

(復讐代行屋って、いったい……)

ペニスを擦られる快感のなか、頭の片隅で考える。

わかるようでわからない。依頼者に代わって復讐する裏稼業だというのは、なんとなく想像がつく。しかし具体的になにをするのか、どこまでの復讐依頼なら引き受けるのか、まったくわからなかった。

「ああっ、すごい……やっぱりすごいです」

友里恵が囁きながら芳郎の股間にまたがってくる。両膝をシーツについた騎乗位の体勢だ。彼女は肉棒にしっかり指を巻きつけたまま、濡れた瞳で見おろしてきた。

（おおっ……）

彼女が股間を迫り出しているため、仰向けになっている芳郎からも女陰がはっきり確認できる。二枚の花弁は大きめで生々しいサーモンピンクだ。たっぷりの愛蜜で濡れており、蛍光灯の明かりを受けてヌラリと光っていた。

「ゆ、友里恵さん……」

どうしても期待がふくらんでしまう。亀頭の真上に人妻の陰唇が迫っているのだ。男根はさらに太さを増してヒクヒクと脈打っていた。

「じつは……最近、夫とは全然……」

友里恵の瞳に悲しげな色がひろがった。

ここのところ夫婦の夜の生活がないという。それを聞いた瞬間、もしかしたらと思った。

（確か半年前に……）

追突事故を起こして借金をしたと聞いている。そして返済が滞り、特殊詐欺グループに引きこまれてしまった。そのころから夫婦仲がぎくしゃくしているのではないか。

「だから、わたし……さっきから……」

芳郎の男根に触れたことで興奮しているのかもしれない。友里恵はゆっくり腰を落として、陰唇を亀頭に押しつけてきた。

「あンっ、熱い」

「おううッ」

ニチュッという湿った音が響き渡り、甘い刺激がひろがった。

軽く触れただけで快感が沸き起こっている。亀頭と女陰が密着して、いやでも期待が盛りあがった。

（ダ、ダメだ、こんなこと……）

亡き妻の顔が脳裏に浮かんだ。

頭では妻を裏切りたくないと思う。だが、体が快楽を求めている。早く女壺のなかに入りたくて、屹立《きつりつ》した男根が小刻みに震えていた。

「あっ、ヒクヒクしてます」

「ゆ、友里恵さんが……ううッ」

無意識のうちに股間を突きあげる。亀頭がほんの少し陰唇の狭間《はざま》に嵌まりこみ、内側に溜まっていた愛蜜がブチュッと溢れ出した。

「あぁッ、熱い……すごく熱いです」

まるで譫言《うわごと》のようにつぶやき、友里恵が腰を落としこんでくる。亀頭が陰唇を巻きこみながらさらに埋まり、やがて一番太いカリの部分が膣口《ちつこう》をズルリッと通過した。

「あああッ、大きいっ、はあぁッ」

まだ先端が埋没しただけだが、女体の反応は凄《すさ》まじい。膣口がいきなり収縮して、カリ首を思いきり絞りあげた。

「くおおおッ！」

たまらず全身の筋肉が硬直する。腹の底から呻き声が迸《ほとばし》り、両手の指を煎餅布団に食いこませた。

先ほどフェラチオで射精していなければ、一気に暴発していただろう。先端を挿入しただけで、凄まじい快感が突き抜けた。だが、これくらいでは満足できない。もっと深くつながり、もっと大きな快楽がほしかった。

「ほ、本田さん……」

「ゆ……友里恵さん」

見つめ合って名前を呼び合うことで、さらに欲望がふくれあがる。芳郎が股間を突きあげるのと、友里恵が腰を落としこむのは同時だった。

「あああッ、ふ、深いっ」

「おおッ、おおおッ」

ペニスが根元まで突き刺さり、亀頭が膣の深い場所まで到達する。無数の膣襞《ひだ》がいっせいに絡みつき、肉柱を四方八方から締めあげた。

「くううッ、し、締まるっ」

途方もない快感の波が押し寄せる。大量のカウパー汁がどっと溢れて、腰が激しく震え出した。

友里恵は熟れた尻を完全に落としこんで、長大なペニスを女壺のなかにすべて収めている。むっちりした内腿で芳郎の腰をきつく挟み、両手は腹の上に置いていた。

「ひ、久しぶりなんです……あっ……ああっ」

独りごとのようにつぶやき、さっそく腰を振りはじめる。腰を落としこんで密着した状態で、股間を前後に揺らすのだ。互いの陰毛が擦れ合い、シャリシャリと乾いた音が聞こえてきた。

「ううッ……す、すごい」

蜜壺のなかでペニスが揉《も》みくちゃにされている。膣襞がまるで吸いあげるように蠢《うごめ》き、さらに膣口《なま》が思いきり締まっていた。

しかも友里恵が艶めかしく下腹部をうねらせているのだ。視覚的にも性感を刺激されて、愉悦の波が次から次へと押し寄せてくる。彼女のほどよいサイズの乳房が、すぐ目の前で揺れているのも興奮を誘っていた。

「あっ……あっ……な、なかが擦れて、ああンっ」

友里恵がかすれた声でつぶやき、まるで味わうように腰をくねらせている。半開きの唇から吐息を漏らす表情も艶っぽい。見ているだけでもテンションがどんどんあがり、蜜壺のなかで男根がヒクヒク跳ねまわった。

「あンっ、動いてます」

「あ、あんまり気持ちいいから……くううッ」

とてもではないが黙っていられない。芳郎を思わず両手を伸ばして、腰振りに合わせて揺れる乳房を揉みあげた。

「はああンっ」

「おおっ、や、柔らかい」

手のひらにちょうど収まるくらいの、ほどよいサイズの乳房だ。肌はシルクのようになめらかで、触れているだけでうっとりしてくる。指をそっと曲げてみれば、柔肉はいとも簡単に形を変えた。

「あンっ……ああンっ」

指先が沈みこむと、友里恵の唇から甘い声が溢れ出す。瞳はますますトロンと潤み、くびれた腰がうねりはじめた。

「ううっ、す、すごい」

膣襞がペニスに絡みつき、奥へ引きこむように蠕動《ぜんどう》する。愛蜜の量も増えており、硬直した肉棒の表面を滑る感触もたまらなかった。

柔肉をこってり揉みあげると、先端で揺れる淡いピンクの乳首を指先で摘《つ》まんでみる。こよりを作るようにやさしく転がせば、女壺が反応してキュウッと収縮した。

「はあぁッ、そ、それ、ダメです」

どうやら乳首がとくに感じるらしい。友里恵は熱い吐息を漏らして、腰の動きを大きくする。膣が思いきり締まり、太幹をきつく食いしめた。

「ぬううッ、ま、また……」

硬くなった乳首を指の股に挟みこみ、乳房をゆったり揉みあげる。すると友里恵は腰の動きを前後から上下に切り替えた。

「あっ……あっ……」

膝の屈伸を利用して尻をリズミカルに弾ませる。肉柱が出たり入ったりを繰り返し、結合部分から聞こえる湿った音が大きくなった。

首を持ちあげて股間に視線を向ければ、そそり勃った己のペニスが膣口から見え隠れしている。竿は愛蜜にまみれてねっとり光り、太さも明らかにひとまわり増していた。

「太くて長くて……あンっ、ああンっ」

また夫と比べているのかもしれない。友里恵はうっとりした表情で腰を振り、膣襞で肉柱をねぶりあげてくる。上下動にひねりを加えることで、張り出したカリを膣壁に擦りつけていた。

「はううッ、こ、これ、すごいです」

「ううッ、そ、そんなに動いたら……」

乳首を刺激するほど、彼女の腰使いが艶を帯びる。女壺も常に反応しているため、快感は瞬く間に大きくなった。

（このままだと、また……）

芳郎の胸のうちに焦りが生じていた。

遠くに絶頂の大波が見えている。彼女のペースで刺激されていると、すぐに限界が来てしまいそうだ。こうなったら反撃するしかない。自分が主導権を握ることで、少しは耐えられると踏んでいた。

乳房を揉んでいた両手を脇腹に移動させて、くびれた腰をしっかりつかむ。そして、真下から男根をズンッと突きあげた。

「あううッ……つ、強いですっ」

友里恵の女体が仰《の》け反《ぞ》り、苦しげな声で訴えてくる。それでいながら膣は収縮して、肉柱を思いきり絞りあげてきた。

「ぬおおッ、こ、これは……ふんッ！」

呻き声が漏れるが休むことなく股間をぶつけていく。肉柱を勢いよく突き刺し、亀頭を膣の奥までえぐりこませた。

「あうッ、こ、こんなに奥まで……あううッ、こんなのはじめてです」

ペニスを突きこむたび、友里恵の顎が跳ねあがる。夫ではこれほど奥まで届かないらしい。彼女の腰の動きも加速していく。芳郎の突きこみに合わせて、友里恵は尻を勢いよく打ちおろしてきた。

「あッ……あッ……ああッ」

「くううッ、き、気持ち……おおおッ」

男根が膣粘膜に包まれてヌプヌプとしごかれる。硬化したペニスが溶けてしまいそうで、奥歯を食い縛りながら懸命に腰を振りつづけた。

「おおッ……おおッ……」

「も、もう、ああッ、もうダメですっ」

彼女の声が切羽つまってくる。芳郎の腹に置いた両手の爪を立てて、腹筋に強く食いこませてきた。

「ほ、本田さんっ、あああッ」

「うぐッ、お、俺、もう……」

絶頂の大波が急速に迫ってくる。芳郎は股間を何度も跳ねあげて、ペニスを女壺の奥まで叩《たた》きこんだ。

「はああぁッ、い、いいっ、いいですっ」

友里恵は下腹部を波打たせると、ペニスを貪るように締めつける。そうすることで彼女自身も感じており、全身の皮膚を紅潮させた。

「おおおッ、おおおおッ！」

本能のままにペニスを抜き差しする。女体に尋常ではない震えが走り、いよいよ最後の瞬間が目の前に迫った。

「はああぁッ、いいっ、いいの」

「おうぅッ、も、もう限界だっ」

いつしかふたりの腰の動きは一致していた。

無駄な動きがなくなることで、純粋に快楽だけに没頭できる。亀頭を奥の奥まで叩きこみ、カリで膣壁をえぐるのが心地《ここち》いい。刺激を与えるほどに締まりがよくなり、快感が爆発的にふくらんだ。

「おおおッ、で、出るっ、出る出るっ、くおおおおおおッ！」

根元まで埋めこんだペニスがついに激しく脈動する。膣内で暴れまわり、亀頭の鈴割れから濃厚な白濁液が噴きあがった。

「ひあぁッ、あ、熱いっ、イ、イク、イクイクっ、はぁあああああッ！」

沸騰した精液を注ぎこまれた衝撃で、友里恵もアクメに達していく。

背中を思いきり反らして、下腹部をビクビク痙攣《けいれん》させる。深くつながった状態で尻の筋肉を力ませることで、肉棒をこれでもかと締めあげた。女体はしっとり汗ばみ、蛍光灯の下で艶めかしい光を放った。

(俺は……いったい、なにを……)

絶頂の海を漂いながら、頭の片隅でふと思う。

どうして出会ったばかりの人妻とセックスしたのだろう。誘いを断ることができず、ついつい挿入を許してしまった。そして最終的には芳郎も腰を振り、あろうことか膣内に思いきり精液を注ぎこんだのだ。

「ああっ、すごい……ああンっ、すごいです」

まだ鼻にかかった甘い声が響いている。

友里恵は最後の一滴まで搾り取ろうとしているのか、腰を振って肉柱を執拗にしごきつづけていた。

「おおおっ……おおおおっ」

射精したにもかかわらずペニスを刺激されている。全身が感電したように痙攣して、頭の芯までジーンと痺れきっていた。

芳郎は煎餅布団で大の字になり、もはや呻くことしかできなかった。途切れることなく送りこまれてくる快楽に翻弄されて、汗ばんだ体をひたすら悶《もだ》えさせていた。

さすがにもう射精はできない。やがてペニスは力を失い、人妻の女壺からヌルリと抜け落ちた。

(ああ、貴子……すまない)

朦朧《もうろう》としながらも心のなかで亡き妻に向かって謝罪する。

罪悪感と満足感が複雑に絡み合っていた。鉛のような疲労が蓄積しており、もはや指一本動かせない。腰を振りつづける友里恵を見あげながら、やがて意識は暗闇に呑みこまれていった。

第二章　お礼は身体で

1

「んっ……」

気づくと朝になっていた。

閉めきったカーテンの向こうがぼんやり明るくなっている。枕もとに転がっている目覚まし時計を見やると、針はもうすぐ朝七時を指そうとしていた。これほどぐっすり眠ったのは久しぶりだった。

万年床に横たわったまま大きく伸びをする。腰がわずかに重く感じるのは、昨夜の荒淫の名残《なご》りだろう。まさか初対面の人妻とセックスすることになるとは思いもしなかった。

(あ、そういえば……)

ふと思い出して六畳間に視線をめぐらせる。ところが、どこにも友里恵の姿は見当たらなかった。

どうやら芳郎が眠っている間に出ていったらしい。

落胆はなかった。むしろほっとしている自分がいた。今さら人違いですとは言いづらい。彼女が勝手に勘違いしたとはいえ、セックスしてしまったのだ。誤解を訂正することを考えると安堵《あんど》の気持ちが強かった。

(もしかして……そういうことか)

おそらく人違いに気づいて立ち去ったのだろう。

なにしろ身体《からだ》を使ってまで仕事の依頼をしてきたのだ。あそこまでしておきながら諦めて帰るとは思えない。芳郎が探していた人物ではないとわかって、黙って消えたのではないか。

(それなら説明する手間が省けたってわけだ)

これで一件落着ということになる。

もう二度と友里恵が現れることはないだろう。ただでいい思いができたのだから、芳郎に被害はいっさいなかった。

(だけど、もやもやするな)

天井の染みを見つめて小さく息を吐き出した。

なにかが心に引っかかる。これでよかったと心から思えなかった。

友里恵は特殊詐欺グループに取りこまれて、犯罪の片棒を担がされていた。自分にも非があるとはいえ、なんとかしようと必死だった。そして勇気を出してこの朽ち果てそうなアパートを訪れたのだ。

好きでもない中年男に抱かれてまで、友里恵が守ろうとしたもの……。

夫との平穏な生活を取り戻したかったのではないか。もとはといえば自分が起こした追突事故が原因だ。その後の判断を誤ったことで、彼女は犯罪組織の蟻地《ありじ》獄《ごく》に囚《とら》われてしまった。

(もし貴子だったら……)

亡き妻の顔を脳裏に思い浮かべる。

愛する妻がこんな目に遭っていたら、命を懸けてでも守ろうとするだろう。しかし、友里恵の夫はなにも気づいていない。彼女に救いの手を差し伸べる人は誰もいなかった。

（復讐代行屋か……そんなもの本当にいるのか）

いずれにせよ自分には関係のないことだ。芳郎は深いため息を漏らすと、上半身を起こして胡座《あぐら》をかいた。

時計を見やるとまだ七時すぎだった。

工場は朝九時から稼働するが、その前に準備があるので八時には出勤しなければならない。いつもはギリギリまで寝ているが、今朝は少し時間がある。インスタントラーメンでも作ろうかと思ったとき、煎餅布団の脇に置いてあるものが目に入った。

「……ん？」

小花を散らした柄のハンカチに、なにか長方形のものが包まれていた。

見覚えのないハンカチだ。芳郎のものでもなければ、亡くなった妻のものでもない。この部屋を訪ねてくる者はいないので、友里恵が置いていったものに違いなかった。

（まさか……）

ふいに胸騒ぎを覚えた。

恐るおそるハンカチを開いてみる。すると、やはりなかから出てきたのは一万円札の束だった。帯封ではなく輪ゴムで留められている。これは昨夜、友里恵が持ってきたものに間違いなかった。

（どうして持って帰らなかったんだ？）

胸の奥に疑問がひろがっていく。

忘れていったわけではない。きちんとハンカチに包んで置いてあったのがその証拠だ。

（まだ俺のことを……）

復讐代行屋だと信じているのではないか。

友里恵は人間違いしたことに気づいたわけではなかった。それどころか、芳郎が仕事を引き受けてくれたと思っている。セックスしたことで手付金の残りを支払ったつもりでいるのだ。

（まずいな……いい加減、気づいてくれよ）

予想外の展開だった。

一万円札の束を手に取ると、ずっしりとした重みが伝わってきた。百万円あるらしいが、ぱっと見たところ新札ではなかった。掻《か》き集めたらしいよれよれの一万円札が百枚束になっているのだ。

みんなで出し合った金だと言っていた。

友里恵と似たような境遇の人妻が他にもいて、なんとか日常生活に戻りたいと願っているのだろう。家族に知られるのを恐れて警察にも行けず、悪事に手を染めるしかなかったに違いない。

そんな人妻たちが頼ったのは復讐《ふくしゅう》代行屋だ。しかし、芳郎は人生に疲れた中年男にすぎなかった。

（まいったな……）

百万円の札束がなおさら重く感じられた。

この金を受け取るわけにはいかない。友里恵は気の毒だと思うが、自分の非力さは自分が一番よくわかっていた。

セックスも手付金の一部なので対処に悩むが、とにかく金は早急に返すべきだろう。ところが友里恵の連絡先がわからない。札束といっしょに手紙があるかもしれないと思ったが、それらしきものは見当たらなかった。

友里恵はどこに住んでいるのだろう。

考えてみれば、まったく話題に出てこなかった。都内なのか近隣の県から来たのかさえ聞いていない。わかっているのは白羽友里恵という名前と、夫が銀行員ということだけだ。

本名なら探す手段もあるだろう。金はかかるが探偵に依頼すれば数日でわかるのではないか。そう思ったとき、まだ具体的な仕事内容を聞いていないことに気がついた。

――あの人たちが二度と詐欺などできないようにしてください。

友里恵の言葉ははっきり覚えている。

しかし、復讐代行屋はどこまでやるのだろう。そして彼女はどの程度の復讐を望んでいるのだろう。それに、なにより復讐すべき相手の情報がいっさいわからなかった。

このままでは、いくらスゴ腕の復讐代行屋でも仕事ができない。

友里恵のほうから再び連絡をしてくるのではないか。今はとりあえず待つしかなかった。焦っても仕方がないと自分に言い聞かせると、百万円の束をハンカチに包んで押し入れに隠した。

(面倒なことになったな)

思わずため息を漏らしてキッチンに立った。

鍋に水を入れて火にかける。沸くのを待ちながら冷水で顔を洗い、毛羽立った歯ブラシで歯を磨いた。

2

土曜日の昼前——。

芳郎は自室で窓を開け放ち、ぼんやり外の景色を眺めていた。

とはいっても隣接する工場の壁が迫っているため、窓際からほぼ真上に視線を向けなければ空は見えない。わずかに細く見える空の青さが、この陰気な部屋と外界との唯一のつながりのような気がした。

仕事が休みの日は、こうして日がな一日ぼーっとすごしている。服装は皺《しわ》だらけのTシャツにボクサーブリーフだ。壁に寄りかかり、何百回も読んだ週刊誌をパラパラめくるのが常だった。

まだ友里恵から連絡は来ていない。

彼女が訪ねてきてから四日がすぎている。押し入れの奥にはハンカチに包まれた百万円がそのまま置いてあった。

時間が経《た》つと、だんだん夢だったような気がしてくる。

なにも求めていなかったつもりだが、なんの変化もない毎日に飽き飽きしていたのかもしれない。その結果、美しい人妻が訪ねてくる夢を見て、それが現実だと思いこんだのではないか。

（ふっ……とうとう頭がいかれたか）

胸のうちで自嘲気味につぶやいた。

友里恵は確かに現実だった。彼女は窮地に陥っていたが、自分の足で懸命に歩こうとしていた。だから、この廃屋のようなアパートにやってきて、見ず知らずの芳郎と腰を振り合ったのだ。

（それなのに、俺は……）

妻を失った悲しみから抜け出せていないのは事実だ。もう一年も経つのに、いまだに前を向くことができずにいた。

そんな自分の現状を考えると、なんとかして地獄から脱しようとしている友里恵の努力が貴《とうと》いものに思えてくる。諦めることなく必死に生きる姿に感動すら覚えていた。

（飯でも食うか……）

ふとそう思った。

なにもしなくても腹は減るから困ったものだ。

たまにはコンビニ弁当でも食べようかと考えていたとき、ふいに携帯電話の着信音が響き渡った。

どうせ会社の上司からだろう。なんの連絡かはわからないが、他に電話をかけてくる相手はいなかった。

万年床の枕もとに転がっていた携帯電話を拾いあげる。そして画面を覗《のぞ》きこむと、そこには知らない番号が表示されていた。

「……ん？」

会社の電話番号と上司の携帯番号は登録してある。間違い電話かセールスだろう。出るのをやめて携帯電話を布団の上に放り出した。しばらく鳴りつづけていたが、やがて着信音はプッツリ途切れた。

コンビニに行くつもりだったが食欲が失《う》せてしまった。出かけるのも面倒なので、とりあえず万年床に横たわった。

夕方になったら銭湯に行って、帰りにコンビニに寄って帰ろう。そう思って目を閉じたとき、再び着信音が響き渡った。

「チッ……誰だよ」

思わず舌打ちをして携帯電話に手を伸ばした。

先ほどと同じ番号だ。いったい誰だろう。もしかしたら知り合いが緊急の連絡でかけてきたのかもしれなかった。

「はい……」

通話ボタンを押すと警戒心を露《あら》わにした声で短く応えた。間違い電話やセールスだったら即座に切るつもりだった。

「もしもし、友里恵です」

聞き覚えのある声にはっとする。まさか友里恵が電話をかけてくるとは思いもしなかった。

「えっ？」

芳郎は慌てて跳ね起きると、煎餅布団の上で胡座をかいた。

「本田さんでしょうか？」

やはり友里恵の声に間違いない。口調は少し硬いが、穏やかな響きは記憶のなかのままだった。

「どうして、俺の携帯番号を……」

「すみません。本田さんが寝ているときに番号を確認させていただきました」

友里恵が申しわけなさげに告白した。

枕もとに転がっていた携帯電話を勝手に見たらしい。普通の人なら怒るのかもしれないが、芳郎はほとんど使っていないので誰かに見られて困るような情報は入っていなかった。

そんなことより手付金のことが気になっていた。セックスしたことはあとで考えるとして、まずは手もとにある百万円を一刻も早く返したい。そのためにまずは人違いであることから話す必要があった。

「俺は復讐代行屋じゃ――」

「時間がないんです。今から言うことをメモしていただけますか」

芳郎が誤解をとこうとした言葉は、友里恵の切迫した声に掻き消された。

「今日の午後一時に――」

よくわからないがずいぶん慌てている。彼女の必死さが伝わってきて、とにかく聞き逃してはならないと思った。部屋の隅に転がっていたボールペンを拾いあげると、週刊誌の表紙に言われたことを書きつけた。

「この住所はなんだ？」

「大河原《おおかわら》さんというお宅です。どうかよろしくお願いします」

こちらの質問にはいっさい答えない。友里恵は言いたいことだけ言うと、一方的に電話を切ってしまった。

「お、おい……」

いったいどういうことだろう。すぐに電話をかけ直すが、もうつながらなくなっていた。

――おかけになった電話は、現在電波の届かない場所にあるか、電源が入っていないためかかりません。

機械的なメッセージが聞こえてくるだけだ。友里恵は携帯電話の電源を落としてしまったのだろう。

（どういうつもりなんだ）

なにを考えているのか、さっぱりわからなかった。

とにかく金は返さなければならない。先ほどの住所に向かえば、友里恵に会えるのだろうか。午後一時だと言っていた。もうすぐ十二時になるので、ゆっくりしている時間はなかった。

（行ってみるか）

芳郎は急いでジーパンを穿《は》き、白いポロシャツに着替えた。

住所を書き殴った週刊誌の表紙を引きちぎり、ハンカチに包まれた札束といっしょに、斜めがけしたショルダーバッグに突っこんだ。

3

十二時五十五分、目的の住所に到着した。

閑静な住宅街のなかにある一軒家だ。白い壁に赤い屋根が特徴的で、周囲の家よりひとまわり大きかった。先ほど家の前を通りすぎて、さりげなく表札を確認した。確かに「大河原」と書いてあった。

しかし、ここからどうすればいいのかわからない。

住所を告げられただけで、それ以外のことは指示されていなかった。大河原とは何者なのだろう。あの家を訪問するべきか、それとも様子を見るべきか迷っていた。

（まだ少し時間はあるな……）

大河原という人物を知らないので、ひとりで訪ねるのは憚《はばか》られた。

とりあえず一時まで待つことにする。家の門が見える曲がり角まで移動して身を潜めた。

落ち着かないまま時間がすぎるのをじっと待った。

人通りの少ない住宅街で、なにも変わったことは起こらない。埒《らち》が明かないので一時になったらインターフォンを鳴らすつもりだ。やがて腕時計の針が十二時五十九分を指したので、そろそろ向かおうとしたそのときだった。

(……ん?)

ひとりの女性が歩いてきて、大河原家の前で立ち止まった。

ぱっと見た感じ、二十代半ばくらいだろうか。愛らしい顔立ちをしており、黒目がちの大きな瞳が特徴的だ。セミロングの黒髪が、白い長袖Tシャツの肩先を撫《な》でていた。

デニム地のスカートから膝が覗いている。ストッキングを穿いていない生脚に白いスニーカーが若々しい。肩から薄ピンクのバッグをさげている。レディースにありがちな財布しか入らないような小さなバッグだ。

(友里恵さんはどうしたんだ?)

肝心の友里恵が現れてくれないとどうにもならない。困り果てながら女性の姿を眺めていた。

その女性は表札を確認すると、気持ちを整えるように深呼吸をした。なにやら緊張しているようだ。そして意を決した様子でインターフォンのボタンをそっと押した。

すぐに反応があり、インターフォンのスピーカーから声が聞こえてきた。彼女もなにか言葉を返している。離れているので内容は聞き取れないが、会話をしているのは間違いなかった。

やがて女性が門を開けて、敷地内に入っていく。それとほぼ同時に家の玄関ドアが開き、なかから老婆が姿を見せた。

芳郎の位置から離れているが、生け垣の隙間からかろうじて確認できる。なにやら深刻な様子だ。老婆はしきりに頭をさげているが、なにかあったのだろうか。いずれにせよ、あまり親しい間柄ではないらしい。やがて老婆は茶封筒を取り出して彼女に手渡した。

老婆は不安げな表情で深々と腰を折り、彼女は茶封筒のなかを確認してバッグにしまうと背中を向けた。そして敷地から出るなり、まるで逃げるように早足で歩き去った。

(なんか妙だな……)

あの茶封筒はいったいなんだろう。それなりの厚みがあったが、もしかしたら現金が入っているのではないか。茶封筒を入れたことで、バッグがパンパンにふくらんでいた。

女性の後ろ姿が角を曲がって見えなくなると、老婆はようやく家のなかに入って玄関ドアを閉めた。

（まさか、これは……）

胸騒ぎがする。心がざわついて落ち着かない。老婆の不安げな表情が頭から離れなかった。

オレオレ詐欺の金の受け渡し現場ではないか。茶封筒を受け取った女は、被害者から金を受け取る役目の「受け子」かもしれない。友里恵から聞いた話が頭に残っていたため、すぐに想像がひろがった。

きっと息子役の男が「会社でミスをした穴埋めをしないといけない」などと泣きついたのだろう。「俺は抜けられないから、知り合いに取りにいかせるよ」とでも言って、老婆に金を出させたのではないか。

（くっ……そういうことか）

芳郎は奥歯をギリッと嚙《か》み、友里恵の電話を思い返していた。

あれは金の受け渡し現場と時間を教えていたのだ。芳郎のことを復讐代行屋と思いこんでいるので情報を流したに違いなかった。

受け子の女性は友里恵と同じように犯罪に巻きこまれた人妻かもしれない。だからインターフォンを押す前に躊躇していたのだろう。なんらかの理由で借金を作り、それをネタに受け子をやらされているのではないか。

（まだそう遠くには行ってないはずだ）

頭で考えるよりも先に体が動いた。

とっさに女を追いかける。目の前で犯罪が行われたと思うと、見て見ぬ振りはできなかった。

角を曲がると、住宅街を歩く彼女の背中が遠くに見えた。

芳郎は歩調を速めると、少しずつ距離をつめていった。しかし、どうすればいいのかわからない。彼女を捕まえれば老婆の現金は戻ってくるが、特殊詐欺グループの連中は痛くも痒《かゆ》くもないはずだ。

受け子を捕らえたところで、なんの解決にもならない。逮捕されても情報が漏れないように、なにも知らされていないだろう。いつでも切り捨てられる者が受け子をやらされるのだ。

(それなら、あの茶封筒を追っていけば……)

いずれ黒幕に行き着くのではないか。

だが、大元を特定したところで、芳郎が壊滅できるはずもない。非力な自分にできるのは、せいぜい警察に通報することくらいだ。

頭の片隅で考えながら女のあとをつけていく。彼女は住宅街のなかを歩き、やがて公園に足を踏み入れると公衆トイレにまっすぐ向かった。

(ん?)

彼女が入ったのは男子トイレだ。

しきりに周囲を気にしていたので、間違えたわけでないらしい。誰かに見られていないか警戒するような素振りだった。

(でも、どうして男子トイレに……)

行動の真意はわからない。とにかく芳郎は尾行がばれないように、道路から公園内の様子をうかがっていた。

ブランコや砂場で遊んでいる子供たちがいる。ベンチに腰かけているのは子供を連れてきた親たちだろう。おしゃべりに夢中で、誰もトイレに入った女のことなど気にしていなかった。

しばらくすると、トイレから男が出てきた。

入るところは見ていないので、彼女より先に潜んでいたことになる。二十代後半くらいでジーパンにダンガリーシャツという目立たない格好だが、目つきが異様に鋭かった。

（あいつ……怪しいな）

男はどこか普通ではない空気を纏《まと》っていた。

肩から黒いトートバッグをさげている。さりげなくバッグを抱えているが、指先にはやけに力が入っていた。

男は公園を出ると、慌てる様子もなく歩いていく。後ろ姿を見る限り、とくに怪しいところはなにもない。それが逆に怪しく見えてしまう。なにかを隠しているような気がしてならなかった。

しばらくすると、トイレから女が姿を見せた。先ほどまであんなにふくらんでいたバッグが薄くなっている。なかに入っていたものを取り出したのは間違いなかった。

（もしかして、あの男に……）

茶封筒を渡したのではないか。

あの男子トイレが、受け子から次の相手への現金の受け渡し場所だったのかもしれない。そう仮定して考えると、彼女が女子トイレには見向きもせず、まっすぐ男子トイレに向かった理由も説明がつく。

（くそっ……）

芳郎は慌てて男を追いかけた。

騙《だま》された老婆の顔を思い出すと、なにかせずにはいられなかった。男を尾行すれば犯罪組織のアジトに辿《たど》り着くかもしれない。そこから先のことは場所を特定してから考えるつもりだった。

すぐに男の背中が見えてきた。駅の方向に向かって歩いている。決して急ぐことなく住宅街を抜けて、いつしか周囲は商店が増えてきた。

（俺はなにを必死になってるんだ……）

ふと我に返った。

額に汗を滲《にじ》ませて男を追っている自分が滑稽に思えてきた。妻を失ってから生きる気力すら失っていたのに、見ず知らずの老婆のために動いている。自分で自分のことがわからなかった。

（きっと、友里恵さんと……）

セックスしたせいかもしれない。返すことのできない借りを作ってしまった気がして、なにかせずにはいられなかった。

これも乗りかかった船というやつだ。現金の受け渡し現場を目撃してしまったのだから、あの男がどこに行くかは突きとめるつもりだった。犯罪組織を壊滅することはできなくても、なにかの役には立つだろう。

さすがに駅周辺は歩行者が多くなってきた。

近づきすぎると尾行がばれそうだが、離れすぎると見失ってしまう。適度な距離を探りながら、なんとか人混みのなかを追いかけた。

男は電車に乗るのかと思ったが、駅を通りすぎていく。そのまま歩きつづけると、やがて人通りが少なくなってきた。こうなってくると目立つので距離を取らなければならない。閑散とした場所をしばらく進み、男は雑居ビルの脇の路地に入っていった。

芳郎は逃がすまいと急いで路地に駆け寄った。

そして雑居ビルの陰からそっと覗きこむ。すると、そこは薄暗くてじめっとした場所だった。

(怪しいぞ)

周辺は人通りがほとんどなく、いかにもなにかありそうな雰囲気だ。こういう路地に犯罪組織のアジトがあるのかもしれない。

　そこは雑居ビルと雑居ビルの間で、日の光がほとんど差しこまなかった。薄汚れた青いバケツが転がっており、カラスか鼠《ねずみ》に食い破られた黒いゴミ袋が山積みになっていた。

　男の姿が見当たらない。

（どこに行ったんだ？）

　路地はかなり先まで見通せるが、このわずかな時間に通り抜けたとは考えにくかった。

　恐るおそる路地に足を踏み入れる。ゴミ袋の陰を覗きこむが、濡《ぬ》れた地面がひろがっているだけだった。

　錆《さび》が浮いた外階段の下に鉄製のドアがある。ここに入ったのだろうか。足音を忍ばせて歩み寄ったそのときだった。

「おいっ」

　突然、頭上から声が聞こえた。

　はっとして見あげると、外階段の踊り場にあの男の姿があった。手摺《てす》りから身を乗り出し、芳郎のことをにらみつけていた。

「おっさん、なんか用か？」

野太い声だった。最初から喧嘩腰《けんかごし》で危険な空気が漂っていた。

男が外階段をカンカン鳴らしながらおりてくる。完全に見落としていた。まさか上にいるとは思いもしなかった。

（ま、まずい……）

顔からスーッと血の気が引いていく。逃げようと思ったが、足がすくんで動けなかった。

「み、道に迷ったんだ」

なんとかごまかすしかない。笑みを浮かべようとするが、頬の筋肉がひきつって上手《うま》くいかなかった。

「へえ、迷っちゃったんだ」

男が目の前に迫ってきた。

肩から黒いトートバッグをさげている。あのなかに老婆の茶封筒が入っているはずだ。しかし、今はそれどころではない。男は近くで見るとがっしりした体格で、痩せぎすの芳郎よりふたまわりは大きかった。

「おっさん、ひとりなわけ？」

「そうなんだよ。駅はどっち——うぐううッ！」

いきなり腹を蹴りつけられた。スニーカーのつま先が腹にめりこみ、呻《うめ》き声を漏らして前屈《まえかが》みになった。

「俺のこと、つけてただろ。わかってんだよ」

髪の毛をわしづかみにされた。無理やり顔を起こされたかと思うと拳が飛んでくる。左の頬を殴りつけられて目の前で火花が飛び散った。

「ううッ……や、やめろ」

「おっさん、舐《な》めてんじゃねえぞ、こらッ！」

髪をつかまれたまま、二発三発と顔面にパンチを打ちこまれる。芳郎は両腕をあげてガードを試みるが、男は容赦なく殴りつけてきた。

「なんで俺をつけてきた」

「つ、つけてなんて……」

「ざけんなっ、おらッ、おらッ！」

男はますます狂暴になっていく。

いったい何発のパンチを受けただろうか。瞼《まぶた》が腫れあがり、口のなかに鉄の味がひろがった。頭がクラクラしている。もう立っていられないが、髪の毛をつかまれているので倒れることもできなかった。

「おっさん、なんとか言えよっ」

「ううッ……くううッ」

間断なくパンチの雨が降り注ぐ。助けを呼ぼうにも、もう声をあげる余裕もない。両手で頭を覆い隠すのだけで精いっぱいだ。

(こ……殺される)

このまま殴り殺されるのではないか。本気でそう思ったとき、激しいエンジン音が雑居ビルの壁に反響した。

4

「ああ?」

男の手がとまった。殴るのをやめて、なにかに気を取られていた。

「誰だ、おまえ」

芳郎に向けられた言葉ではない。男は苛立《いらだ》った様子で言うと、髪の毛から手を離した。

「ううっ……」

すでに脱力している体が崩れ落ちる。芳郎はうつ伏せに倒れこみ、冷たいアスファルトを頬で感じていた。

規則正しいエンジンの音が聞こえている。腫れた瞼をなんとか開くと、路地の入口に黒いオートバイが停《と》まっていた。カウルと呼ばれる風防で車体の大部分が覆われた大型バイクだ。

「このおっさんの仲間か？」

男が誰かに因縁をつけている。今にも殴りかかりそうな雰囲気だ。芳郎に暴力を振るったことで気が立っていた。

（な……なんだ？）

殴られすぎてガンガンしている頭に、アスファルトから伝わってくる足音が重なった。

うつ伏せになったまま目を凝らす。歪《ゆが》んだ視界に映ったのは、黒革のライダースーツに身を包んだ人物だった。

黒いフルフェイスのヘルメットをかぶっているので顔はわからない。シールドがスモークタイプなので、目を確認することもできなかった。グローブもライダーブーツも黒で統一されていた。

すらりとした体形で、胸もとが大きく膨らんでいる。腰はキュッとくびれており、尻まわりは張りつめていた。

(お……女だ)

朦朧《もうろう》としながらも女だとわかった。

ハードな革ツナギに覆われていても、肉感的な抜群のプロポーションは隠しようがない。こんなときだというのに、なめらかな女体の曲線に視線が吸い寄せられた。

どうしてこんな危険な場所に来てしまったのだろう。もしかしたら人が殴られているのに気づいて、止めに入ろうとしたのかもしれない。だが、この男は凶暴すぎる。女ひとりで敵《かな》う相手ではなかった。

「に……逃げろ」

とっさに叫ぶが声がかすれてしまう。それでも芳郎は必死に男の足首にしがみついた。

「このじじいっ、離せっ！」

「うぐうッ」

背中を踏みつけられて力が抜ける。もう男を制することはできない。だが、少しは時間稼ぎをすることができただろう。この間にライダースーツの女が逃げてくれていることを願った。

ところが、女は逃げるどころか、男のすぐ目の前に立っていた。

「ど、どうして……」

もうほとんど声になっていない。芳郎が口をパクパク動かすと、彼女はシールド越しにチラリと見おろした。

「女のくせにバイクかよ」

呆《あき》れたような男の声が響き渡った。

黒革のライダースーツに女体のなめらかな曲線が浮き出ている。その艶《なま》めかしいラインは、荒くれ男を油断させるのに充分だった。

「おい、ねえちゃん、ヘンな正義感を出さねえほうがいいぞ。怪我《けが》をしたくなかったら、バイクに乗ってとっとと帰りな」

女だとわかり、男は完全に気を抜いていた。

完全に舐めているのだろう。ファイティングポーズを取っていた両手をだらりとさげた。

その瞬間にすべては決まった。目の前に立った黒ずくめの女が、身体をすっと反転させた。それと同時にすらりとした脚が美しい弧を描き、ライダーブーツの踵《かかと》が男の顎を打ち抜いた。

「がッ……」

たった一撃で男は意識を刈り取られていた。小さな声を漏らすと、その場にどっと崩れ落ちた。

(な……なんだ、今のは?)

芳郎はうつ伏せに倒れたまま目を見開いた。

すぐ隣で男は白目を剝《む》いて昏倒《こんとう》している。ピクリとも動かず、気を失っているのは明らかだった。

空手の後ろ回し蹴りだろうか。いや、テコンドーかもしれない。いずれにせよ、凄《すさ》まじい技の切れ味だった。

ライダースーツの女が見おろしてくる。フルフェイスのヘルメットをかぶっているうえ、スモークシールドを閉じているので顔はまったくわからない。それでも、じっと見つめてくる視線を感じていた。

「くっ……」

殴られた顔が熱を持っている。芳郎はなんとか体を起こすと、雑居ビルの壁に寄りかかって胡座をかいた。

「あ、あんた……いったい……」

しゃべると切れた口のなかが痛んだ。横を向いて唾をペッと吐き出すと、血が混じって赤く染まっていた。

女はなにも言わず、地面に片膝をついて男のトートバッグを漁《あさ》りはじめた。いったい何者だろう。最初は助けに入ってくれたのかと思ったが、もしかしたら強盗かもしれなかった。やがて女はトートバッグのなかから、あの茶封筒を取り出した。

「お、おい……」

老婆の金だ。この女に渡すわけにはいかなかった。

「それは、ばあさんの金だ……返せ」

痛みに顔をしかめながら声をかけた。

立ちあがった女が見おろしてくる。スモークシールドの向こうで、瞳がキラリと光るのがわかった。

女が一歩踏み出した。殴り飛ばされるのだろうか。いや、蹴られるのかもしれない。あの狂暴な男を一撃で仕留めたのだ。身の危険を感じるが、もう腕をあげてガードすることもできなかった。

ところが、女は胡座をかいた芳郎の太腿《ふともも》に茶封筒を放り投げると、そのまま無言で踵《きびす》を返した。

「……え？」

呆気《あっけ》に取られる芳郎を残して、女は悠々とした足取りで歩いていく。

そして路地の入口に停車してあった大型バイクにまたがると、爆音を轟《とどろ》かせて走り去った。バイクのエキゾーストノートが遠ざかり、やがて路地は静寂に包まれた。

（な、なんだ……どうなってるんだ）

わけがわからないまま、芳郎は雑居ビルの壁にもたれて座っていた。

いったいなにが起こったのだろう。思わず天を仰ぐと、ビルの隙間からわずかに青空が覗いていた。

（眩《まぶ》しいな……）

心のなかでつぶやき目を細める。立ちあがろうとするが、まだ殴られた影響で目眩《めまい》が残っていた。

「あっ！」

そのとき女性の声が路地に響き渡った。

はっとして視線を向けると、誰かがこちらに向かって歩いてくる。老婆から茶封筒を受け取った「受け子」の女性だった。

「大丈夫ですか？」

彼女は芳郎に声をかけた直後、昏倒している男に気づいて愛らしい顔をひきつらせた。

「ひっ……」

叫ばれたら面倒なことになる。ところが彼女は両手で自分の口を覆って、ギリギリのところで悲鳴を呑《の》みこんだ。

(どうして、この女がここに？)

芳郎は壁に背中を預けたまま女の顔をじっと見つめた。

受け子の仕事は男に金を渡した時点で終わっているはずだ。それなのにたまたま通りかかったのだろうか。偶然にしては出来すぎていた。

「友里恵さんから聞いてます。あなたが復讐代行屋さんなんですね」

「公園のトイレを出たら、あなたが男を追いかけていくのを見かけたんです。それで気になってついてきちゃいました」

「い、いや……」

否定する間もなく彼女は語りはじめた。芳郎は男を尾行するのに必死で、つけられていることにまったく気づかなかった。

犯人グループからの指示はいつも電話だという。今日もおばあさんの家に行くように指示を受けてそれを電話で友里恵に伝えたらしい。そして友里恵は芳郎に連絡してきたのだ。

受け子は被害者から受け取った金を、犯人グループに指定された公衆トイレで男に渡すのだという。とはいっても、直接男に会うことはない。個室に入り、壁越しに上の隙間から渡す決まりだった。そうすることで犯人グループは顔がばれることを防いでいるらしい。

「でも、駅近くの人混みで見失ってしまったんです。それで、やっと見つけたら、こんなことに……」

彼女は傷ついている芳郎の顔と、倒れている男を交互に見やる。その直後、茶封筒に気づいて目を見開いた。

「それ、おばあさんのですか？」

「ああ……」

しゃべるのも億劫《おっくう》なので短く答える。すると彼女は目の前にしゃがみこみ、瞳に涙を浮かべて芳郎の手を取った。

「ありがとうございます。取り返してくれたんですね」

「お、俺はなにも……」

取り返したのは芳郎ではなく、ライダースーツの女だ。しかし、殴られたダメージもあり、すぐには説明できなかった。

「噂《うわさ》には聞いてましたけど、やっぱりすごいんですね」

昏倒している男を見やり、彼女はますます声を弾ませる。どうやら芳郎が倒したと思っているようだ。状況からして勘違いするのは仕方がない。しかし、彼女が興奮気味なのが気になった。

「こんなにお強いなんて、感激です！」

完全に復讐代行屋だと信じこんでいる。友里恵もそうだったが、こうなると話がややこしくなる。なんとかして早めに誤解をといておきたかった。

「ち、違うんだ……こいつをやったのは俺じゃない」

切れた口のなかが痛むが、懸命に言葉を紡いだ。

「わかってます。全部秘密なんですよね。誰にも言わないから大丈夫です」

彼女は声を潜めて耳打ちしてくる。まるでわかっていない。これは説明するのが大変そうだった。

友里恵の知り合いということは、彼女も手付金百万円の一部を出しているのだろう。まるでヒーローにでも出会ったかのように、キラキラした瞳で芳郎の顔を見つめてきた。

「裏の世界で生きている方なんですね」

「いいから俺の話を聞け。ほら、この顔を見ればわかるだろ。俺のほうが殴られてるんだ」

散々拳を喰らった顔が無残に腫れあがっている。唇の端も切れており、口のなかにはまだ鉄の味がひろがっていた。

「わかります。本当は引退されてたんですものね。伝説の復讐代行屋さんでも、ブランクがあると大変なんですね」

どうやら彼女たちが依頼したつもりの復讐代行屋は伝説にまでなっているらしい。そんな奴《やつ》と間違われたら命がいくつあっても足りなかった。

「俺は依頼なんて受けてないぞ……」

かすれた声でつぶやくが、彼女は本気で取り合っていないようだ。相変わらず光り輝く瞳で芳郎の顔を見つめていた。

「そんなこと言わないでください。わたし、友里恵さんと同じマンションに住んでるんです。彼女から全部聞いてますよ」

「うっ……」

顔面の筋肉がひきつるのがわかった。

全部ということは、セックスしたことまで話してしまったのだろうか。手付金の一部ということになっているので、なおさら断りづらくなってきた。だが、このままでは本当に命を落としかねない。

「き、聞いてくれ――」

「お名前もうかがってます。芳郎さんってお呼びしてもいいですか？　わたしの名前もお伝えしておきますね」

芳郎の言葉を遮り、彼女は勝手に自己紹介をはじめた。

鈴山優乃《すずやまゆうの》、二十六歳の人妻で、夫は大手家電量販店に勤務している。まだ子宝には恵まれていないが、最低でもふたりはほしいという。

「優乃って呼んでくださいね」

「あ、ああ……」

勢いに押されて返事をする。非日常的な場面に遭遇したせいか、彼女は先ほどから興奮しっぱなしだった。

「細身だけどスゴ腕だって噂を聞きました。でも、こんなごつい人をやっつけるなんて……この人、死んでないですよね？」

優乃は恐るおそる、男の顔の前に手を翳《かざ》した。

「大丈夫、息をしています。どうやって倒したんですか？」

完全に誤解している。そもそも殴り合いの喧嘩などしたことがないのに、自分より大きくて若い男に勝てるはずがなかった。

(このままだと、ますます面倒なことになるぞ)

早く誤解をといたほうがいい。もう二度とかかわりたくない。暴行を受けたことで、すっかり及び腰になっていた。

「とにかく、ここにいるのはまずい。場所を移動しよう」

一刻も早くこの場を立ち去りたかった。

優乃は警察沙汰になると家族に知られるので困るだろうし、芳郎はやばい連中に身元を知られて報復されるのが恐ろしかった。この男はちゃんと息をしているので、放っておいても大丈夫だろう。

「そうですね。立てますか？」

優乃の手を借りて、なんとか立ちあがった。

殴られた顔は痛んだが、もう目眩は治まっていた。幸い足腰はしっかりしているので問題なかった。

「まずは金を返しにいかないか」

芳郎が提案すると、優乃は表情を引き締めてうなずいた。

「はい……」

彼女も罪悪感を抱えているのだろう。詐欺の片棒を担がされて苦しんできたのは友里恵と同じだった。

5

老婆の家に戻り、優乃が金を返却した。

やはり息子を装った典型的なオレオレ詐欺だった。優乃は息子からの伝言という体《てい》で、金の工面がついたから借りる必要がなくなったこと、詐欺が横行しているから充分注意するようにということを伝えた。

その様子を芳郎は曲がり角から眺めていた。

氷山の一角にすぎないことはわかっているが、目の前の詐欺を防ぐことができてよかったと思う。犯罪行為を目撃したからには、なんとしても老婆の金を取り戻したかった。

(あとは手付金を返すだけだ)

芳郎は胸のうちでつぶやいた。

端《はな》から正義の味方になるつもりなどなかった。先ほどこっぴどく殴られたことで、奴らのアジトを突きとめることも無理だと実感した。手付金を返したら、もとの生活に戻るつもりだった。

曲がり角で待っていた芳郎のもとに、優乃が小走りで戻ってきた。

「返してきました。おばあさん、喜んでいましたよ」

言葉とは裏腹に彼女の表情は暗かった。まだなにかが心に引っかかっているようだ。

「どうした?」

「あのおばあさん、きっと、もうカモリストに載ってます」

一度でも騙された人はカモリストと呼ばれる名簿に個人情報が載り、犯罪組織に出まわってしまうという。そして別の手口で騙そうと、詐欺集団が何度も接触してくるらしい。

「騙されやすい人っているんです。あのおばあさん、また狙われちゃいます」

優乃はつらそうな顔でつぶやいた。

犯罪の片棒を担いだことを後悔している。しかし、抜け出すことができずに苦しんできたのだろう。だから高い金を払ってまで、復讐代行屋に危険な仕事を依頼したのだ。

「お願いします。必ずあいつらを叩き潰してください」

優乃は潤んだ瞳で見つめて、芳郎の手を握りしめてきた。

完全に誤解している。気力を失った中年男なのに、伝説にまでなっているスゴ腕の復讐代行屋と勘違いしていた。

「そのことで相談があるんだが……」

この流れで言いづらいが、早くはっきりさせておいたほうがいい。彼女たちも時間が経ってからでは困るだろう。

「とりあえずうちに来ませんか。顔、すごく腫れてますし」

確かにこの顔で立ち話をしていたら、見かけた人に怪しまれてしまう。しかし、自宅はまずくないだろうか。

「夫は朝から出かけています。帰宅は深夜になるので問題ないです」

そういうことなら、喫茶店などに入るより安全かもしれない。とにかく人に見られたくなかった。

「じゃあ、悪いけど……」

「全然悪くないですよ。芳郎さんは伝説の男ですから」

笑顔で言われると、もう訂正する気力が失せてくる。なにを言っても無駄なような気がしてきた。

「じゃあ、行きましょうか」

優乃にうながされて通りに出るとタクシーを拾った。

なにしろ顔面に怪我をしているので、電車ではなくタクシーで向かうことにした。自分がここにいた痕跡をできるだけ残したくない。車内でも終始うつむいたままで、運転手にできるだけ顔を見られないように注意した。

二十分後、芳郎はソファに腰かけて、優乃に怪我の治療を受けていた。

十階建て全四十戸の賃貸マンションで、優乃たち夫婦が住んでいる部屋は三階の3LDKだ。リビングは掃除が行き届いており、大きな窓から昼の陽光が差しこんでいた。

ソファの前にはガラステーブルがあり、その向こうに大画面の液晶テレビが置いてある。ここには若い夫婦の生活が溢《あふ》れている気がした。

「痛っ……」

「あ、ごめんなさい」

優乃が謝りながら、それでも消毒液を浸した脱脂綿を切れた唇の端に押し当ててくる。もう血はとまっているので、ひどいのは瞼の腫れだけだ。とはいっても打撲だけなので、これも時間が経てば引いていくだろう。

「ずいぶん殴られましたね」

怪我の具合を見るように、優乃がすぐ近くから顔を覗きこんでくる。甘い吐息が鼻先をかすめて、一瞬どきりとしてしまう。

「喧嘩は得意じゃないんだ」

「またまた、ウソばっかり」

そう言って笑うが、優乃の表情にはどこか陰があった。

やはり犯罪に荷担していることを心苦しく思っているのだろう。無理に明るく振る舞っている節があった。

「旦那さんは仕事？」

「接待ゴルフって本人は言ってるけど、本当は会社の女の子と遊びに行ってるんです」

優乃がすっと視線を落とした。

「それって……」

「浮気です」

そうつぶやく声は苦しげだった。

夫とは社内結婚で、優乃は結婚を機に退職していた。まだ同期が会社に残っており、夫の動向を報告してくれるらしい。若い女子社員と明らかに怪しい関係だという。

「ちょっと前からよそよそしかったから、おかしいと思ってたんです」

今日も接待ゴルフの予定など入っていないことは、会社の知り合いに電話をして確認ずみだった。

「男の人ってウソが下手《へた》じゃないですか。騙された振りをしてあげてるのに、わかってないいんですよね」

優乃は淋《さび》しげに微笑《ほほえ》んで視線をそらした。

夫は浮気をしているが、いつか自分のもとに戻ってくると信じている。だからなにも言わずに我慢していたが、それがストレスでブランド物を買い漁るようになったという。

「洋服とか靴とか……買うことで満足するんです。あとになって無駄遣いしちゃったなって自己嫌悪になるんですけど、やめられなくて……」

その結果、街金融で金を借りて返済が滞り、特殊詐欺グループの「受け子」をやらされることになった。友里恵と同じパターンだ。そして、なんとかして抜け出そうと、人妻仲間で復讐代行屋に依頼することにしたという。

（今ならいけるかもしれないな）

誤解をとく絶好のチャンスだと思った。優乃は落ち着いているので、今なら冷静に話を聞いてくれるだろう。

「ところで、鈴山さんに折り入って話が――」

「優乃です」

思いのほか強い口調で遮られて、一瞬黙りこんでしまう。意味がわからず彼女の顔を覗きこむと、まっすぐ見つめ返された。

「名前で呼ばれるほうが好きなんです。苗字《みょうじ》だとなんだか距離があるような気がして……」

夫が浮気したことで、心に淋しさを抱えているのだろう。どこか甘えるような瞳を向けられると、拒絶することはできなかった。

「優乃……さん」

遠慮がちに名前で呼んでみる。すると、たったそれだけのことで彼女は満足げにうなずいた。

「はい、なんでしょう」

優乃がようやく話を聞く態勢になってくれる。芳郎はなんとか気持ちを立て直すと、あらためて切り出した。

「よく聞いてくれ、俺は復讐代行屋じゃないんだ」

なんとしても誤解をとかなければならない。これ以上、厄介なことに巻きこまれるのは御免だった。

「……え？」

優乃は意味がわからない様子で小首をかしげる。そして黒目がちの瞳をくるくるさせて、瞬《まばた》きを何度も繰り返した。

「人違いなんだ。俺はごく普通のおじさんなんだ。友里恵さんも優乃さんも、勘違いしてるんだよ」

わかってもらおうと畳みかけるように言葉を紡いでいく。その間、優乃は黙って芳郎の顔を見つめていた。

「そういうことだから、手付金を返したいんだ」

ずっと斜めがけしていたショルダーバッグから金を取り出そうとする。ところが、優乃が突然プッと噴き出した。

「もう、なに言ってるんですか」

彼女の声は楽しげだ。先ほどまでの暗い様子が吹き飛んでいた。

「復讐代行屋さんって冗談もお上手なんですね」

「だから、違うって――」

「あの男をやっつけてくれたじゃないですか」

優乃は屈強な男を芳郎が倒したと思っている。まずはそこから訂正する必要があった。

「俺じゃないんだ。優乃さんが来る前に、バイクに乗った女が——」

「女の人がやったって言うんですか？　それはちょっと無理があるなぁ」

まるで信じていない。優乃は半ば呆れたような顔でつぶやき、小さなため息を漏らした。

「俺はこの目で見たんだ。いや、ヘルメットをかぶっていたから顔は見てないが、あれは間違いなく女だった」

「言ってることメチャクチャですよ」

「本当なんだって、ライダースーツの女が……あの男を一発で……」

芳郎の声はだんだん小さくなり、やがて黙りこんだ。

なにを言っても信じてもらえるはずがない。すべてを目の当たりにした自分自身が信じられないのだ。どんなに説明したところで、あの衝撃が伝わるとは思えなかった。

（それにしても、あの女……）

ふと疑問が湧きあがる。

どう考えても普通ではない。格闘技の経験があり、しかもかなりの腕前だ。いったい何者なのだろう。顔はヘルメットで見えなかったが、ライダースーツに浮かびあがった女体は肉感的だった。

「強いだけじゃなくて、やさしいんですね」

ふいに優乃が身体を寄せてくる。芳郎の肘に柔らかいものがプニュッと押しつけられた。

（うっ、こ、これは……）

この感触は間違いない。チラリと見やれば、長袖Tシャツを持ちあげている乳房が、ちょうど肘のあたりに密着していた。

「わたしを慰めようとして、冗談を言ってくれたんですよね」

またしても勘違いされてしまった。まったくそんな気はないのに、すべてがおかしな方向に向かっていた。

「て、手付金を返したいんだ……」

「もうそういうのはいいですよ」

優乃がジーパンの太腿に触れてくる。手のひらで意味深に撫でまわされて、思いがけず男根がずくりと疼《うず》いた。

「強くてやさしい人っていいですよね」

太腿に乗せられた手のひらが、少しずつ股間に近づいてくる。やがて彼女のほっそりした指先は、太腿の付け根の際どい部分に到達した。

「お、おい……」

男根がむくむくとふくらみ、ジーパンの硬い生地を押しあげてしまう。そこに優乃の指先が這《は》いまわってきた。

「うっ……な、なにをしてるんだ」

思わず口調が強くなるが、彼女の手を振り払うことはできない。ねっとりした指の動きが、ペニスをやさしく刺激している。人妻にねちねち撫でられていると思うと、胸の高鳴りを抑えられなかった。

「おばあさんのお金を取り返してもらったお礼がしたいの」

息がかかるほど距離が近い。濡れた瞳で見つめられると、胸の鼓動が一気に速くなった。

「それにね、夫が浮気してるから……その、ご無沙汰で……」

優乃は言いにくそうにつぶやき、頰を桜色に染めあげた。

夫は浮気相手に夢中で相手をしてくれないらしい。ようするにセックスレス状態で欲求不満になっているのだろう。

「だからって、ここではまずいんじゃないか」

さすがに自宅というのは危険な気がする。だが、優乃はジーパン越しに硬くなった肉茎をキュッとつかんできた。

「ううっ……」

「だって悔しいじゃないですか。わたしが黙ってるのをいいことに、夫は今も他の女と会ってるんですよ」

下手に問いつめて破局することを恐れている。まだ夫に気持ちが残っているから、よけいに苦しんでいるのだろう。

「ねえ、いいですよね」

優乃の細い指がベルトとジーパンのボタンをはずし、さらにファスナーをじりじりおろしはじめた。

「や、やめるんだ」

口ではそう言いつつ、期待がふくらんでしまう。ペニスはますます硬く膨張して、ボクサーブリーフに先走り液の染みがひろがった。

6

「あンっ、こんなに大きくなってる」

優乃が驚いた様子でつぶやいた。

ジーパンとボクサーブリーフがまとめて引きおろされて、屹立《きつりつ》した男根が剝き出しになっている。胴体部分には血管が浮き出て、亀頭の先端は我慢汁で濡れ光っていた。

「本当に……いいのか？」

芳郎は興奮を抑えて語りかけた。

「いいんです。こうでもしないと気が収まらないし」

優乃は半ばやけになっているようだった。

夫と別れるつもりはないが、浮気されていることが許せない。待ちつづけて疲れはてたのもあるだろう。心のバランスを取るには、自分も他の男に抱かれるしかないと考えているようだった。

「ああっ、熱い……」

太幹に指を巻きつけて、優乃が吐息まじりにつぶやいた。そして恐るおそると
いった感じでしごきはじめる。
「くっ……」
いきなり快感の波が湧き起こった。芳郎は両手を握りしめて、両脚をつま先ま
で突っ張らせた。
「今、ピクッてなりました」
ペニスが反応したことに気をよくしたらしい。優乃がうれしそうにつぶやき、
濡れた瞳で見あげてきた。
「わたしに魅力がないのかと思って……でも、芳郎さんはこんなに大きくしてく
れたんですね」
夫が自分のことを見てくれないので、自信を喪失していたのだろう。芳郎が勃
起したことでほっとしているようだった。
「いっぱい気持ちよくなってほしいの」
優乃はそう言うなり、ソファからおりて目の前にひざまずいた。そして芳郎の
脚に絡んでいるジーパンとボクサーブリーフを抜き取った。
「な、なにを……」

「こういうこと、夫以外にするのははじめてなんです」

彼女は膝の間に入りこみ、懇願するような瞳で見あげてくる。吐息が亀頭に吹きかかり、それだけでゾクゾクするような快感がひろがった。

「お汁が出てますね」

細い指を肉棒の根元に巻きつけて、顔をすっと寄せてくる。まさかと思った直後、まるで迷いを吹っ切るようにペニスを咥《くわ》えこんできた。

「はむンンっ、おっきい」

くぐもった声でつぶやき、鋭く張り出したカリ首に柔らかい唇を密着させてくる。さらには舌を伸ばして亀頭をヌルリと舐めまわした。

「ぬううッ、い、いきなり……」

鮮烈な刺激が脳天まで突き抜ける。

愛らしい人妻がペニスを口に含んでしゃぶりはじめたのだ。まるで舌の上で飴《あめ》玉《だま》を転がすように、張りつめた亀頭を口のなかでねぶりまわす。すぐに唾液まみれになり、さらに快感が大きくなった。

「あふっ……ンむううっ」

優乃はさらに顔を沈めて、男根を口内に収めていく。ピンクの唇が太幹の表面を滑り、根元までゆっくり呑みこんでいった。

「おおッ……おおおッ」

己の股間を見おろせば、愛らしい顔立ちの人妻がいきり勃《た》ったペニスをずっぷり咥えている。両手を肉柱の両脇に置き、唇を大きく開いているのだ。根元まで口内に収めているため、陰毛が彼女の鼻先を撫でていた。

「あふンっ……ンンっ」

優乃がゆったり首を振りはじめる。湿り気を帯びた唇で、鉄棒のように硬直した太幹を擦《こす》りあげてきた。

しかも上目遣いに芳郎の顔を見つめている。視線が重なった状態でのフェラチオだ。男根だけではなく、視覚的にも性感を煽《あお》られる。可愛《かわい》い人妻がペニスを頬張る表情を見ているだけで、先走り液の量がどっと増えた。

「ンっ……ンっ……」

優乃は微《かす》かに鼻を鳴らして、首をスローペースで振っている。唇は太幹にぴったり密着しているが、唾液と我慢汁が潤滑油の役割をはたしているのでヌルヌルと滑っていた。

「くううッ、す、すごい」

彼女が顔をゆっくり持ちあげると、ヌメ光る太幹が見えてくる。そして唇がカリ首を通過して、亀頭が抜け落ちる寸前でいったん動きをとめると、再びじわじわと呑みこんでいく。

「はンっ……あふぅっ」

「ま、また……ううゥッ」

呻き声が抑えられない。目を見つめられながらのフェラチオで、全身が小刻みに震えてしまう。芳郎はソファの背もたれに背中を預けて、両手の指先を座面に食いこませた。

優乃は首を振るだけではなく、口のなかで器用に舌も使ってくる。亀頭をヌルリと舐めまわしては、カリの裏側も丁寧に舐めてきた。さらには敏感な尿道口をチロチロとくすぐってくるのだ。

「そ、そこは……うぬぬッ」

快感が押し寄せて、腰が大きく跳ねあがる。その結果、亀頭が喉の奥にはまりこみ、優乃が眉を八の字に歪めた。

「はむううッ」

苦しげな声が漏れるが、それでもペニスを吐き出そうとしない。しっかり咥えこんだまま、徐々に首の動きを加速させた。

「ンっ……ンっ……ンンっ」

「そ、そんなにされたら……おおッ」

男根はますます硬くなり、人妻の口のなかで雄々しく反り返っていく。そこを唇と舌を使って刺激されれば、全身の血液が沸き立つような悦楽の嵐が湧き起こった。

「ま、待て、それ以上は……ぬううッ」

射精欲の波が急速に押し寄せてくる。慌てて奥歯を食い縛って耐えるが、我慢汁の量が尋常ではない。このまま思いきり射精したい衝動に駆られていた。

「はあっ……」

ところが優乃はペニスをあっさり吐き出してしまった。

爆発寸前まで追いあげられていたのに、唐突に突き放された気分だ。極限まで高められた射精欲は行き場を失い、亀頭の先端から大量のカウパー汁がどっと溢れ出した。

「ゆ……優乃さん」

芳郎は脚をひろげた状態で、だらしなくソファに寄りかかった。呼吸を荒らげながら、そそり勃った肉柱をひくつかせていた。

「わたしも、もう……」

優乃がすっと立ちあがり、おもむろに服を脱ぎはじめた。

長袖Tシャツを頭から抜き取ると、淡いピンクのブラジャーが露わになる。カップで寄せられた双《ふた》つの乳房が中央で密着して、プニュッと柔らかくひしゃげていた。

さらにスカートをおろすと、生のむっちりした太腿が剥き出しになる。パンティはやはり淡いピンクで、少し盛りあがった恥丘《ひわい》にぴったり張りついていた。しかも中央にうっすら縦筋ができているのが卑猥だった。

（こ、これは……）

芳郎は言葉を失い、思わず生唾を飲みこんだ。

頭の片隅では、手付金を返さなければと思っている。だが、二十六歳の若い肌が眩しすぎて、すっかり圧倒されていた。

「恥ずかしいけど……」

優乃はもじもじしながらブラジャーを取り去り、ついに大きな乳房を露わにする。まるで新鮮なメロンのように丸まるとして、曲線の頂点には鮮やかなピンクの乳首が載っていた。

さらに優乃は前屈みになるとパンティをスルスルとおろし、片足ずつあげてつま先から抜き取った。恥丘にそよぐ陰毛はわずかで、地肌に走る縦溝が透けて見えた。

「おおっ……」

芳郎は無意識のうちに低く唸《うな》った。

目の前に瑞々《みずみず》しい女体がある。窓から差しこむ昼の陽光に照らされて、大きな乳房もくびれた腰も、それに搗《つ》きたての餅のようにむっちりした尻も、キラキラと光り輝いていた。

「こんなことするの、芳郎さんが復讐代行屋さんだからですよ」

優乃が言いわけがましくつぶやき、恥ずかしげに腰をよじった。

老婆の金を取り返したお礼のつもりなのだろう。芳郎の隣に座ると、濡れた瞳で誘うように見つめてきた。

「もっと芳郎さんを感じたいの」

匂い立つような人妻の裸体が迫っている。手を伸ばせば届く距離で、たっぷりした乳房が揺れていた。優乃が視線を感じて肩をすくめると、自分の腕で乳房を寄せる結果になった。

「な……なにを……」

目の前で柔肉が揺れている。絶頂寸前まで高められたペニスがますます反り返り、先端から新たな汁が噴き出した。

ここで彼女を抱くと、ますます面倒なことになりそうだ。しかし、これだけの女体を見せつけられたら我慢できない。寸止めされたことで、欲望は激しく燃え盛っていた。

（優乃さんだって……）

やりたいと思っているのは自分ひとりではない。

芳郎は心のなかでつぶやきながら、ポロシャツを脱ぎ捨てて裸になった。それと同時に優乃をソファに押し倒した。

「あっ……」

小さな声が真昼のリビングに響き渡る。しかし優乃はいっさい抵抗せず、ソファの肘掛けを枕にして仰向《あおむ》けになった。

ここまで来たら、もう欲望をとめることはできない。彼女の片方の足首をつかんでソファの背もたれに乗せる。股を大きく開く格好になった。

「おおっ、これが優乃さんの……」

白くてなめらかな内腿の付け根に、艶々したピンクの女陰が見えた。まるでヴァージンのようにまったく型崩れしていない。割れ目もぴったり閉じており、清らかなたたずまいにそそられた。

だが、よく見ると淫裂の隙間から透明な汁がじくじく湧き出ている。ペニスをしゃぶったことで興奮したのかもしれない。愛らしい顔をした人妻なのに、欲情を昂《たかぶ》らせているのは間違いなかった。

「あ、あんまり見ないでください」

優乃が消え入りそうな声でつぶやいた。

口ではそう言いつつ、手で身体を隠したりはしない。やはり彼女も快楽を欲している。逞《たくま》しい男根で貫かれたくて待ちきれないのだろう。愛蜜の量が増えており、尻の穴までぐっしょり濡らしていた。

（ようし……）

芳郎は彼女の両膝をぐっと割り開き、股間に顔を寄せていく。

すぐにでも挿入したいが、これだけ興奮した状態だとあっという間に達してしまう。慌ててはいけない。気持ちを落ち着かせる意味でも、まずは女陰に口を押し当てた。

「「はあンっ、そ、それはダメですぅっ」

優乃が甘ったるい声をあげる。それと同時に両手を伸ばして、芳郎の頭を抱えこんできた。

うむっ……なんて柔らかさだ」

女陰の感触に陶然となる。チーズにも似た生々しい香りが鼻腔《びこう》に流れこみ、牡《おす》
の本能を揺り起こした。

芳郎の唇が触れているのは人妻の女陰だ。朝露が光る花びらのように、たっぷ
りの愛蜜で濡れそぼっている。軽く押すだけでクチュッという蜜音が響き、陰唇
の狭間《はざま》から透明な果汁が溢れ出した。

「ああっ、こんなこと……ああンっ、夫以外の人に……」

「でも、すごく濡れてるよ」

花弁に唇を押し当てたまま語りかける。舌先を女陰に這わせると、大量の華蜜
でヌルリと滑った。

「はあンっ、そ、それダメです」

「ダメじゃないだろ。ほら、もうこんなにヌルヌルだ」

「い、いや、言わないでください」

しきりに恥ずかしがっているが、女体は確実に反応している。恥裂をゆっくり舐めあげれば、内腿に小刻みな痙攣《けいれん》が走り抜けた。

「はああッ、そ、それ、あああッ」

割れ目の上端にある小さな突起、クリトリスを探り当てて、舌先でそっと転がしてみる。すると優乃は甲高い声を振りまき、腰を大きく跳ねあげた。

「ああッ、ま、待って、あああッ、待ってくださいっ」

「ここが気持ちいいんだな」

舌先で愛蜜をすくいあげては淫核に塗りつける。それを延々と繰り返せば、充血してぷっくりふくらんだ。

「あンっ、そこばっかり、ああンっ」

淫核は硬くなることで感度がアップする。そこを舌先でやさしく転がすと、女体は顕著に反応した。腰がくなくなと艶めかしく揺れて、さらなる愛蜜で恥裂が濡れた。

「どんどん溢れてくるぞ」

わざと言葉にしながら膣口《ちつこう》に舌先を押しこんだ。女穴の入口はまるで豆腐のように柔らかい。いとも簡単に舌を受け入れて、なかに溜《た》まっていた果汁がトロリと溢れた。

「あはンンっ、舐めちゃダメです」

拒絶しているのは口先だけだ。優乃は両手で芳郎に頭を抱えこみ、自ら股間を突きあげた。

「うむっ……」

口と鼻が粘着質な陰唇に塞がれて、一瞬息ができなくなる。苦しさのあまり首を左右に振るとクリトリスを擦ることになり、仰向けになった女体が弓なりに反り返った。

「はあぁッ、も、もう……あぁあッ、もうっ」

優乃の喘《あえ》ぎ声が大きくなる。内腿もしっとり汗ばみ、高揚しているのは明らかだった。

芳郎はそろそろ頃合いと見て、クンニリングスを中断した。膣口から舌を引き抜くと、華蜜がツツーッと糸を引く。一瞬、女穴はぽっかり口を開けたが、すぐにキュウッと収縮した。

もう彼女が我慢できなくなっているのは間違いない。だが、それは芳郎も同じだった。

ギチギチに勃起した男根の先端からは、もはや壊れた蛇口のようにカウパー汁が溢れつづけている。亀頭だけではなく肉胴まで、透明な汁でぐっしょり濡れていた。

「じゃあ、そろそろ……」

ソファに横たわった女体に覆いかぶさり、いきり勃った肉柱の先端を濡れた割れ目に押し当てる。途端に彼女は股間をしゃくりあげて、自ら亀頭を恥裂の狭間に迎え入れた。

「はうンッ、さ、先っぽが……」

「くおッ、急に動くから……ふんんっ！」

さらに腰を押し進めることで、ペニスを深く埋めこんでいく。みっしりつまった媚肉《びにく》を掻きわけて、太幹を根元まで挿入した。

「おおッ、入ったぞ」

「あううッ、大きい……やっぱり全然違う」

もしかしたら夫と比べているのかもしれない。優乃が唇をパクパクさせながらつぶやいた。

「優乃さんのなか、すごく熱くなってるよ」

「ああンっ、だって……はああンっ」

芳郎が言葉をかけると、女体がソファの上でくねりはじめる。羞恥と快感が同時に押し寄せたのか、優乃は頬を染めながら腰を右に左にくねらせた。

「ううッ、し、締まるっ」

膣道が波打ち、ペニスが思いきり絞りあげられる。愉悦の波が何度も連続で押し寄せて、もうじっとしていられない。たまらず腰を動かすと、太幹をズブズブと抜き差しした。

「ああッ、大きいから……あああッ」

優乃の唇から本格的な喘ぎ声が溢れ出す。

カリで膣壁を擦られるのが好きらしい。それならばと意識的に濡れ襞《ひだ》をえぐると、女体が仰《の》け反《ぞ》るほど反応した。

「あううッ、擦れちゃうっ」

膣道全体が波打ち、ペニスを思いきり締めつけてくる。たまらず抽送が速くなり、亀頭を女壺の最深部に叩きこんだ。

「おおッ……おおおッ」

「ああッ、ああッ、お、奥、当たってる」

優乃の半開きになった唇から、絶えず喘ぎ声が漏れていた。

彼女の反応を見ながら腰を振り、膣奥と膣壁を刺激しつづける。リズミカルな抽送を繰り返せば、女体は瞬く間に蕩《とろ》けていった。

芳郎の腰振りに合わせて、大きな乳房が波打っている。仰向けになっても型崩れしない見事な双乳だ。

両手を伸ばして大きな乳房を揉《も》みしだいた。張りがあるのに柔らかく、指先がいとも簡単に沈みこんでいく。ぱっと見は新鮮なメロンだが、触れてみると熟した果肉のようにトロトロだった。

「なんて柔らかさだ……おおおっ」

何時間でも飽きずに揉んでいられそうだ。手からも快感がひろがり、自然とピストンにも熱が入る。力強く根元まで打ちこんでは、じりじりと引き出すことを繰り返した。

「あンっ……あンっ」

優乃が濡れた瞳で見あげてくる。乳房をこってり揉みあげることで、全身の感度がアップしているようだ。腰のくねりが大きくなり、恍惚《こうこつ》とした表情で喘いでいた。

「あぁッ、やっぱりすごいです、普通の人と違うんですね」

彼女は今、復讐代行屋に抱かれていると思っている。路地裏で屈強な若者を倒したスゴ腕の男だ。伝説の男だと信じることで、快感がよりアップしているのかもしれなかった。

(俺は違う……違うんだ)

もう言葉にしようと思わない。言っても信じてもらえないし、熱く燃えあがっているこの瞬間を白けさせたくなかった。

(そんなことより、今は……)

乳房を揉みまくり、先端で揺れている乳首をキュッと摘《つ》まみあげた。

「あううッ、つ、強いです」

優乃は抗議するようにつぶやくが、膣はしっかり締まっている。太幹を食いしめて、蠕動《ぜんどう》するように蠢《うごめ》いていた。

「おおおッ、すごいぞ」

乳房を揉みながら腰の動きを加速させる。ペニスを高速で出し入れして、亀頭を最深部まで叩きこんだ。

「ああッ、ふ、深いっ、あああッ」

「おおおッ、締まるっ」

優乃が感じてくれるから、なおさらピストンスピードがアップする。快感が快感を呼び、彼女も抽送に合わせて股間をしゃくりあげていた。

「くううッ、優乃さんっ」

芳郎はたまらなくなり、上半身を伏せて女体を抱きしめる。彼女も両手を背中にまわして、しっかりしがみついてきた。

「い、いいっ、すごくいいですっ」

「くううッ、お、俺も……おおおッ」

体が密着すると、さらに快感が大きくなる。汗ばんだ皮膚が触れ合い、相手の体温を感じることで一体感が生じていた。

「ああッ、ああッ、いい、いいっ」

「おおおッ、おおおおッ」

もう昇りつめることしか考えられない。優乃は愛らしい喘ぎ声を振りまき、芳郎も呻き声を放っていた。

互いの声を聞くことで、なおさら気分が盛りあがる。相手が感じているとわかると、自分の受けている快感も大きくなっていく。ふたりは最後の瞬間に向けて、ただひたすらに腰を振り合った。

「ああッ、あああッ、すごいっ」

「くおおッ、も、もうっ」

射精欲が盛りあがり、絶頂の大波が急速に迫ってくる。睾丸《こうがん》のなかではザーメンが出口を探し求めて暴れていた。

「あああッ、もうダメっ、ああああッ、もうダメですっ」

優乃にもアクメが迫っている。女壺が猛烈に締まり、ペニスをこれでもかと絞りあげてきた。

「はあああッ、もうっ……もうっ」

「ぬううッ……ぬおおおッ」

最後の力を振り絞り、肉柱を根元まで埋めこんだ。亀頭が勢いよく最深部に到達して、子宮口をゴリゴリと圧迫した。

「ひあッ、い、いいっ、あああッ、イクッ、イクイクッ、イクううッ！」

ついに優乃が絶頂を告げながら昇りつめる。芳郎の背中に爪を立てて、乳房を胸板に擦りつけてよがり泣いた。

「くおおおッ、お、俺も、ぬおおおおおおおッ！」

彼女のアクメに引きずられるようにして、芳郎も精液を噴きあげる。根元まで埋めこんだ男根が暴れまわり、大量のザーメンを放出した。

きつく抱き合ったまま絶頂の海を漂流する。

頭の芯まで痺《しび》れきっており、ふたりはどちらからともなく唇を重ねて互いの舌を吸い合った。

（ああ、最高だ）

恋でもなく愛でもなく、ただセックスだけを楽しんだ。だからこそ、ふたりとも深い快楽を得ることができたのだろう。

今はなにも考えず、絶頂の余韻をまったりと楽しみながら、ただ抱き合ってディープキスに耽《ふけ》っていたかった。

窓から差しこむ日の光が茜色《あかねいろ》に変わっていた。

人妻の女体に溺れているうちに、いつの間にか夕方になってしまった。旦那が帰ってくるのではないかと不安になるが、彼女はまったく気にしている素振りはなかった。

「ご飯、食べていきますか？　すぐに準備しますよ」

身なりを整えた優乃が微笑を浮かべて尋ねてくる。社交辞令ではなく、本気で言っているようだった。

「いや、もう帰るよ」

芳郎も服を身に着けると短く応えた。

長居するべきではない。興奮が冷めていくにつれて、恐ろしくなってきた。こんなところに旦那が帰ってきたら修羅場になるのは間違いなかった。

「ところで――」

玄関に向かいながら語りかける。帰る前にどうしても確かめておきたいことがあった。

「このマンションには、他にも受け子がいるのか？」

ここには友里恵も住んでいると聞いている。どうしてふたりも「受け子」がいるのか疑問だった。

「まだ何人かいます。人妻同士の口コミで、同じ街金融からお金を借りたんです。それで返済できなくなって……」

優乃はばつが悪そうな顔でつぶやいた。

その街金融が詐欺グループとつながっているのだろう。しかし、街金融を警察に通報したところで、詐欺グループとの関係を白状するはずがない。やはり大元を突きとめなければどうにもならなかった。

（まあ、俺には関係のないことだけどな……）

そんなことより、芳郎が知りたいのは友里恵との連絡方法だ。

優乃は芳郎のことを復讐代行屋と信じきっている。友里恵のほうがまだ説明すればわかってくれそうだ。もう一度会って事情を話し、一刻も早く手付金を返したかった。

「友里恵さんに電話をしても出てくれないんだ」

「あの人たちを警戒してるんだと思いますよ。昼間はいつ電話がかかってくるかわからないですから。受け子の指示は急に来ます。日中はいつでも電話に出られるようにしとけって言われてるんです」

あのときは電源を落としたのではなく、たまたまつながらなかっただけらしい。とはいえ、どちらにせよ友里恵は電話に出なかっただろう。

「じゃあ、俺のところに来たのも危険だったんじゃないのか？」

「夕方以降なら、あの人たちも電話をかけてきません。ずる賢いから家族にばれるようなことはしないんです」

あの人たちとは詐欺グループのことを指しているのだろう。どうやら用心深い連中らしい。

「それなら直接会いに行くのはどうだ。このマンションに住んでるんだろ」

「今日はダメですよ。旦那さんがお休みだから」

それを言われるとどうすることもできなかった。

なんとか平日に時間を作って出直してくるしかないだろう。今日は手付金をアパートに持ち帰るしかなかった。

第三章　許しを乞う女

1

月曜日の夕方――。

芳郎は仕事を終えると、みどり荘に帰ってきた。

部屋に入るなり、油と汗にまみれたツナギを脱いだ。靴下も脱ぎ捨てて窓を開け放ったとき、玄関ドアを遠慮がちにノックする音が響き渡った。

（まさか……）

友里恵かもしれない。

ノックの音を耳にした瞬間そう思った。なにしろ、このボロアパートを訪ねてくる知り合いはひとりもいないのだ。忘れたころに新聞や宗教の勧誘がやってくるだけだった。

友里恵なら手付金を返すチャンスだ。芳郎はTシャツにボクサーブリーフという格好で玄関に向かうと、ドアをそっと開けてみた。

「こんばんは」

やはり友里恵だった。

前回と同じように硬い表情で立っている。しかし、見つめてくる瞳には怯《おび》えだけではなく、ほんの少しだけ親しみも感じられた。一度だけだが肌を重ねたことで、気を許しているのかもしれなかった。

とはいえ、この日の友里恵はタイトなジーパンにグレーのニットという地味な服装だ。女らしさを極力排除したような格好からは、二度と過ちを犯さないという意志の強さが感じられた。

「そのお顔……」

友里恵は芳郎の顔を見て息を呑《の》んだ。

唇の端にはかさぶたがあり、瞼《まぶた》は腫れは引いたが青黒い痣《あざ》が残っていた。こっぴどく殴られた痕なのは明白だった。

今朝、出勤すると会社の人たちは芳郎の顔を見てギョッとしていた。どこかで殴り合いの喧嘩《けんか》をしてきたと勘違いしたようだ。普段は無駄口を叩《たた》かず黙々と仕事をしているので意外だったのだろう。いつも横柄な口をきく若い社員も今日は静かだった。

「どうぞ……」

怪我《けが》のことをいちいち説明するのは面倒だ。芳郎はそれだけ言うと、背中を向けて部屋に戻った。

「失礼します」

背後で友里恵の声が聞こえる。パンプスを脱いで、部屋にあがってくる気配が伝わってきた。

芳郎が万年床に腰をおろすと、友里恵はこの間と同じように斜め向かいの位置で正座をした。今日はジーパンを穿《は》いているので、ささくれた畳の上でも痛くないだろう。

「土曜日はありがとうございました。おかげさまで詐欺の被害をひとつ防ぐことができました」

友里恵は額が畳につくほど深々と頭をさげた。

おそらく優乃から報告を受けたのだろう。これ以上勘違いされると大変なことになる。犯罪に巻きこまれるのは御免だった。

「あれは違う。俺はなにもしていない。今さら申しわけないと思うが、俺は復讐代行屋じゃないんだ」

芳郎はきっぱり言いきった。そしていったん立ちあがると、押し入れの奥に隠しておいた手付金の百万円を持ってきた。

「これは返す」

彼女の膝の前に、輪ゴムで留められた札束を置いた。

「この間のこと……友里恵さんとセックスしたのは悪かったと思ってる。あの分は毎月少しずつ返すから」

手付金の一部としてセックスしたのだから、金に換算して返すのは当然のことだろう。

「これは受け取れません」

友里恵は両手の指先を札束に添えると、すっと押し返してきた。

「いや、だから――」

「本田さんはご自分のお仕事に納得がいっていないのですよね。お怪我もなさって……ブランクがあって満足のいくお仕事ができなかったとしても、おばあさんのお金は取り戻すことができました」

「あれは俺じゃないんだ。ただ殴られただけで……」

「優乃さんから聞いています。謙遜なさらないでください。若くて大きな相手をやっつけたんですよね」

やはり友里恵は勘違いをしている。いや、勘違いはますます深まっている気がした。

もしかしたら、優乃とセックスしたことも聞いているのだろうか。だとするとよけいに断りづらくなってしまう。足首にがっちりはまった枷《かせ》が、いつしかさらに強固なものになっていた。

友里恵が求めているのは、特殊詐欺グループの撲滅だ。しかも家族に内緒で借金をして、それを理由に受け子をやらされていることは知られたくない。だから事件を公にできず、警察に駆けこむこともできなかった。

そんな無理難題を解決するのが、裏稼業である復讐代行屋だ。しかし、芳郎はうだつのあがらない中年男でしかなかった。

「無理だ……」

思わずぽつりとつぶやいた。

誤解をとこうとしても信じてもらえない。その諦めが「無理だ」という言葉になって口からこぼれてしまった。

「そんなことを言わずに、どうかわたしたちを助けてください。引退してゆっくりされていたところ申しわけないとは思いますが、頼れるのはもう本田さんしかいないんです」

懇願されても困ってしまう。彼女は引退していた復讐代行屋に、無理やり仕事を頼んでいると思いこんでいた。

（どうすりゃいいんだ）

黙りこんで腕組みをすると、友里恵は芳郎が了承したと受け取ったらしい。硬かった表情を緩めて微笑を浮かべた。

「また受け子の指示が来たらご連絡します。あの人たちを見つけるヒントになればと思って……微力ながら協力させてください」

友里恵は特殊詐欺グループを特定して、叩き潰すことを願っている。そのために現金の受け渡し現場を伝えるという。

友里恵たちが金を借りた街金融はわかっているが、直接手をくだしているのは他の連中だ。どこにアジトがあるのか見当もつかない。連中からの指示はすべて携帯電話からだった。

だが、そんな情報を聞かされても困ってしまう。非力な中年男にできることはなにもなかった。

——もうやめてくれ。

乾いた唇が動いただけで声にはならない。

苦しんでいる女性を前にして、助けてやりたい気持ちがまったくないわけではない。だが、現実問題として芳郎にはどうすることもできなかった。

「よろしくお願いします」

友里恵は深々と頭をさげて、すっと立ちあがる。そして、それ以上はなにも言わず部屋から出ていった。

目の前には手付金の百万円が残されていた。

ひとり残された芳郎は深いため息をつくしかなかった。

近いうちにまた電話がかかってくる。そして現金の受け渡しが行われる場所と時間を告げられるだろう。

そのとき芳郎が動かなければ、友里恵も考え直すかもしれない。そして手付金を返せと言い出すのではないか。後味は悪くなるが、それが一番手っ取り早い気がした。

（参ったな……）

胸のうちでつぶやき立ちあがる。とりあえず飯でも食べようと、やかんに水を入れて火にかけた。

「あれ？」

異変に気づいたのは、カップラーメンの包装を破っているときだった。

部屋のなかを見まわすがどこにもない。いつも蓋に載せていた週刊誌が見当たらなかった。

2

金曜日の昼休み、芳郎は工場の駐車場で休憩していた。

工場の二階に更衣室と休憩室があるが、芳郎はほとんど利用していない。他の従業員と馴染《なじ》んでいないので居心地《いごこち》が悪かった。

いつも昼休みになると、コンビニで買ってきたおにぎりを駐車場の車止めに腰かけて食べている。雨の日は工場内の片隅で過ごし、なにか用がなければ二階にはあがらない。孤独でもひとりでいるほうが楽だった。梅干しのおにぎりで腹を満たし、今はブラックの缶コーヒーを飲んでいるところだ。

（チッ……眩《まぶ》しいな）

芳郎は心のなかで吐き捨てた。

頭上から眩《まばゆ》い日の光が降り注いでいる。どんより沈んだ気持ちとは裏腹に、空は雲ひとつなく晴れ渡っていた。

そのとき、ツナギの胸ポケットで携帯電話が震えはじめた。

取り出して確認すると、画面に「友里恵」と表示されていた。前回かかってきたとき、念のため登録しておいたのだ。一瞬躊躇《ちゅうちょ》したが、電話くらいは出ておこうと通話ボタンをプッシュした。

「はい……」

「友里恵です。また指示が来ました」

つながった途端、友里恵が焦った様子で話しはじめる。早口で場所と時間を告げると、「お願いします」と言って一方的に電話を切ってしまった。

「おい……」

芳郎は携帯電話を握りしめてため息を漏らした。

(俺の知ったことじゃない……)

今度連絡があっても、もう詐欺の現場には行かないと決めていた。

自分は復讐代行屋ではない。腕っぷしが強いわけでもないし、なにか特別な力を持っているわけでもない。ただの無気力な中年だ。負けるとわかっている戦いに挑むつもりなどさらさらなかった。

携帯電話を胸ポケットに戻すと、缶コーヒーをひと口飲んだ。

「苦っ……」

ブラックなので苦くて当然だが、それにしてもやけに苦みが強く感じた。

――お願いします。

先ほどの友里恵の声が頭のなかで反響している。

どうして電話に出てしまったのだろう。縋《すが》るような声を聞いてしまったことで、胸が苦しくなっていた。

人違いだとしても、彼女たちは助けを求めている。妻を亡くして気持ちが落ちこみ、人とかかわるのをやめようと思った。それなのに頼りにされて心を動かされていた。

（クソッ……）

無視することはできなかった。

現金の受け渡し時刻は一時三十分だ。あと一時間しかない。すぐに向かわなければ間に合わなくなってしまう。

芳郎は缶コーヒーを飲み干すと、意を決して工場の二階に向かった。

休憩室のドアを開けて室内をぐるりと見まわす。従業員たちが怪訝《けげん》そうな目を向けてくるが構うことはない。上司に歩み寄り、体調が悪くなったので早退する旨を伝えて部屋を出た。

芳郎の尋常ではない雰囲気に圧倒されたのか、誰もなにも言わなかった。

こんな強引な休み方をしたら解雇されるかもしれない。しかし、友里恵の懇願を無視するほうが後悔する。自分の無力さは自分が一番よくわかっている。それでも頼りにされているのなら少しでも力になりたかった。

着替えに戻っている暇はない。工場を飛び出すと、ツナギ姿のままタクシーを拾って行き先を告げた。

たまたまコンビニで金をおろしていたのでついていた。なんとか時間に間に合いそうだった。

現金の受け渡しが行われる三分前に現場に到着した。

高級住宅街でもなければ、とくに大きな家が多い地域でもない。どちらかといえば古い家が立ち並ぶ、昭和の香りが残る住宅街だ。もしかしたら、こういう場所は高齢者の率が高いのかもしれなかった。

芳郎は曲がり角の塀の陰に身を潜めて、少し離れたところにある一軒家を見張っていた。

油まみれのツナギでは目立ってしまう。上半身だけツナギを脱いで白いTシャツ姿になり、袖を腰にまわして軽く縛った。ほんの気休めだが、作業ツナギに全身を包んでいるよりはましだろう。

（来た……）

午後一時二十九分、ひとりの女性が現れた。

この時間に目的の家の前で立ち止まったところを見ると、おそらく彼女が受け子だろう。

年齢は三十代半ばといったところか。

濃紺のスーツを着ているのは、「仕事で現金を受け取りに来ました」という雰囲気を演出するためかもしれない。脅されて受け子をやっているとはいえ、人を騙《だま》すためにスーツを着用するのはどんな心境だろうか。

女性がインターフォンのボタンを押した。

ほどなくして応答があり、女性も言葉を返していく。内容までは聞き取れないが、前回と同じような光景だった。

やがて老婆が出てきて、何度も頭をさげながら封筒を彼女に手渡した。女は封筒をハンドバッグにしまうと、そそくさと歩きはじめる。その背中を老婆が不安げな顔で見送った。

これがまさにオレオレ詐欺の現金受け渡し現場だ。またしても犯罪の瞬間を目撃して、胸の奥に苦いものがひろがった。

（くッ……）

芳郎は奥歯をぐっと嚙《か》みしめた。

実際に目にすると許せない気持ちが湧きあがる。老婆はもちろんだが受け子も被害者だ。これほど卑劣な犯罪があるだろうか。特殊詐欺グループの撲滅はできないが、せめてアジトを突きとめたい。目撃してしまった以上、黙って見過ごすことはできなかった。

芳郎は迷うことなく女のあとをつけた。

どこかの公衆便所で受け渡しをするに違いない。そう思っていたが、彼女は駅から電車に乗りこんだ。

(マジかよ……)

芳郎も慌てて同じ車両に飛び乗った。

人が多いので見失わないようにするのが大変だ。しかし、それと同時に尾行が気づかれにくくなるという利点もあった。

彼女は新宿《しんじゅく》駅で下車すると東口に向かって歩いていく。

この大きな駅でも迷うことなく進んでいくところをみると、何度も使っているルートなのだろう。彼女が目指していたのはコインロッカーだった。鍵ではなく暗証番号で開閉するタイプだ。

(もしかして……)

芳郎は人が行き交う通路から、彼女の姿をチェックしていた。

老婆から受け取った封筒を入れて扉を閉める。コインを投入すると暗証番号が記載されたレシートが出てきた。扉を開けるときは、この暗証番号を打ちこむ仕組みだ。

彼女はその場で携帯電話を取り出した。そして誰かに電話をすると、レシートを見ながら言葉を交わしはじめた。

（やっぱりそうだ）

何者かに暗証番号を伝えているのではないか。おそらくロッカーを使って現金の受け渡しをするつもりだ。

ということは、あの封筒を取りに誰かがやってくるに違いない。そいつを尾行すれば、犯罪組織のアジトに辿《たど》り着くのではないか。

（ようし、突きとめてやる）

会社を早退して来たのだ。ここで引きさがるつもりはなかった。

彼女は電話を切ると、うつむき加減にその場をあとにした。どうやら今回の受け子の役目は終わったらしい。暗証番号を電話で聞いた何者かが、あの封筒を受け取りに来るはずだ。その人物を尾行するつもりだった。

なにしろ人通りが多いので、ツナギ姿の芳郎が立っていても目立たない。それでも念のため柱にもたれて携帯電話を取り出し、誰かと待ち合わせしている感じを装った。

待ちつづけて小一時間が経過した。

何人かロッカーを利用する人はいたが、今のところ怪しい者はいない。彼女が封筒を入れたロッカーは、まだ手つかずのままだった。

(今日来るとは限らないか……)

さすがに立ちっぱなしで疲れてきた。

最初は意気込んでいたが、だんだん無駄なことをしている気になってくる。こうなると一気に疲労が増してしまう。いつ現れるかわからない相手をただ待っているのは、思っていた以上につらいことだった。

さらに時間が経過して、夕方五時になろうとしていた。

諦めて帰ろうかと思ったときだった。黒いパーカーを着た男がやってきた。フードをすっぽりかぶっているのが気になった。

その男はパネルを操作して暗証番号を打ちこむと、あのロッカーから封筒を取り出した。

(あいつだ！)

粘って待ちつづけた甲斐《かい》があった。

前回の男とは違うようだ。今回の男は長身で手足がすらりとしていた。あの男についていけば犯罪集団のアジトに近づけるはずだ。前回は尾行がばれて痛い目に遭ったので、今度は慎重につけるつもりだった。

男は斜めがけしたショルダーバッグに封筒をしまうと、人混みのなかを歩きはじめた。

ばれないように距離を空けてついていく。さすがに新宿は人が多い。見失うのが怖いが、捕まったらもっと怖いことになる。できるだけ離れて、男の背中を追いつづけた。

（やばい……）

男が横断歩道を渡っているとき、歩行者用の信号が点滅をはじめた。芳郎は慌てて走り、クラクションを鳴らされながら横断歩道を渡りきった。今ので尾行がばれたのではと不安になるが、男は振り返らずに歩いていた。

（危なかった……）

一瞬ドキリとしたが大丈夫だった。

歌舞伎町《かぶきちょう》に入り、人はさらに増えている。この雑多な街では他人のことなど誰も気にしていない。距離さえ充分に空けておけば、尾行に気づかれることはまずないだろう。

西の空が茜色《あかねいろ》に染まり、徐々に夜が近づいていた。ネオンが瞬きはじめて夜の街らしい雰囲気になってきた。

男は歌舞伎町をどんどん奥に向かっている。繁華街を通りすぎて店が少なくなると、やがて雑居ビルが増えてきた。

（どこまで行くんだ）

歩行者が減ってきて、だんだん不安が頭をもたげてくる。たとえ赤の他人でも周囲に誰かいるほうが気分的に楽だった。

男がふいに立ち止まり、芳郎は慌てて電柱の陰に身を潜めた。男は周囲をさっと見まわすと、雑居ビルに入っていった。

（あそこが……）

特殊詐欺グループのアジトかもしれない。ついに犯罪組織の核心部に迫ってきた。あの雑居ビルのどこかにいるのは間違いなかった。

しかし、ここからどうすればいいのだろう。警察に通報すると、友里恵たちのことも明るみに出てしまう。それに犯罪の証拠がなければ、警察も動けないのではないか。

五階建ての雑居ビルだった。かなり古い建物だ。外壁は薄汚れた灰色で、夕日を浴びてたたずむ姿は不気味だった。

連中のアジトは何階にあるのだろう。なにかわかるかもしれないと思い、さりげなく近くまで行ってみる。テナントを知りたかったが、入口周辺には記載がない。奥に暗い階段が見えるが、エレベーターはないようだ。

（とりあえず帰るか……）

あとのことはアパートに帰って考えよう。そう思ったとき、雑居ビルの階段をおりてくる足音が聞こえた。

3

「あんた、なにやってんだ？」

野太い声だった。

慌ててそっぽを向いて歩き去ろうとする。ところが、背後から肩をがっしりつかまれた。

「ちょっと待てって」

「なんだ」

仕方なく振り返ると、黒いタンクトップに長髪の若者が立っていた。筋骨隆々で暴力の匂いがプンプン漂っている。ひと目見ただけで戦意が喪失してしまう。奇跡でも起きないかぎり勝てそうにない相手だった。

「な、なんですか？」

情けないことに敬語になってしまう。前回殴られた恐怖がよみがえり、逃げることしか考えられなかった。

「うちの事務所に用があるんだろ？」

雑居ビルから別の男が現れた。

三十代後半だろうか。柄物のシャツを着て、頭は角刈りにしている。いかにもやばそうな見た目の男だった。

「い、いえ、別に……」

長髪の男が横に並んで肩をがっしりつかみ、角刈りの男が前にまわりこんで道を塞がれた。

「た、ただ歩いてただけです」

必死にごまかそうとするが声は震えていた。

さらにもうひとり雑居ビルから現れた。先ほど尾行していた黒いパーカーの男だ。おそらく二十代前半だろう、一番まともに見えるが目つきはナイフのように鋭かった。

「俺のことつけてきたくせに、とぼけるんじゃねえよ」

パーカーの男が唇の端を吊《つ》りあげてニヤリと笑う。芳郎の膝は恐怖のあまりカタカタと震えだした。

「見失わないように、わざとゆっくり歩いてやったんだぜ」

男は気づいていながら尾行させていたのだ。

今度は上手《うま》くやったつもりでいたが、連中のほうがはるかに上手だった。考えてみれば奴《やつ》らはプロの犯罪者集団だ。素人《しろうと》の芳郎が立ち向かって、どうこうできる相手ではなかった。

「ここじゃなんだから、事務所で話そうか」

角刈りの男が声をかけてくる。妙に落ち着いた声音が、よけいに恐怖心を煽《あお》り立てた。

「い、忙しいので――うぐううッ！」

突然パーカーの男に腹を殴られて呻《うめ》き声が溢《あふ》れ出す。長髪の男に肩をつかまれていなければ間違いなく倒れこんでいた。

もう体に力が入らなかった。

「や、やめ……ろ」

「ほら、歩けよ」

そのまま強引に雑居ビルに連れこまれる。殴られた胃がひっくり返りそうで、もう体に力が入らなかった。

三人がかりで階段を昇らされて、二階にある事務所に連れこまれた。

ちらりと見えた鉄製のドアに「黒岩《くろいわ》興業」と書かれたプラスティックプレートがかかっていた。

スチール机が四つ寄せられてひとつの島になっており、壁際の一角にはソファやテレビが置いてある。奥に見える木製のドアは隣の部屋につながっているのだろう。その横には大きな金庫が設置されていた。

窓の前には大きな机と黒革製のハイバックチェアがある。そこにはダークグレーのスーツを着た四十代後半と思《おぼ》しき男が座っていた。

男は大柄でがっしりしており、やけに目力が強かった。おそらく、この男がボスだろう。芳郎は三人に囲まれて小突きまわされながら、奥の机の前に押し出された。

「連れてきました」

角刈りの男が報告すると、スーツの男が立ちあがった。そして、ゆっくり机をまわりこんできた。

「おまえら、客人に手荒な真似《まね》をするんじゃない。大人同士、まずは話をしようじゃないか」

男が声をかけると、三人は芳郎から手を離してすっと距離を取った。

スーツに包まれた胸板はぶ厚く、顔もいかつい。髪はオールバックにしておりポマードで固めていた。

「ふむ、想像していたよりひ弱そうだな」

男はまじまじと芳郎の全身を眺めまわしてくる。なにかを探るような目つきに緊張感が高まった。

「そんなに怖がらなくてもいい。正直に答えれば、無傷でちゃんと家に帰してやる」

こんなことを言う奴が信用できるはずがない。だが今は、その言葉に縋るしかなかった。

「は……はい」

芳郎は消え入りそうな声でつぶやき、抵抗しないという意思を示そうと何度もうなずいた。

「俺はこの会社の社長だ」

男はどういうつもりなのか、聞いてもいないのに黒岩毅彦《たけひこ》と名乗った。そして、ここは黒岩興業の事務所だと説明した。消費者金融の取り立ての代行をしているという。どう考えてもいかがわしい会社だった。

「で、あんたの名前は？」

黒岩がぎょろりとした目でにらみつけてくる。口調は穏やかだが、目つきが尋常ではない。正直に答えなければ突然狂暴になりそうな気がした。

「お、俺は――」

芳郎は恐怖のあまり名前を告げた。偽名を言うことも考えたが、ばれたときのことを思うと恐ろしかった。

「ふむ、本田さん、あんたなんでこいつを尾行してたんだ？」

黒岩はパーカーの男を顎で示した。三人の男たちは芳郎を囲むように立っており、どうやっても逃げられそうになかった。

「つ、つけてなんて――おぐううッ！」

いきなり革靴で蹴りあげられた。つま先が鳩尾《みぞおち》にめりこみ、たまらず前屈《まえかが》みになって膝をついた。胃が激しく収縮するが、昼に食ったおにぎりは消化されたのか戻すことはなかった。

「ううッ……」

「正直に答えろと言ったはずだ」

黒岩の口調は先ほどと変わっていない。人のことを全力で蹴っておきながら平然としている。いや、全力ではないのかもしれない。この男を怒らせたらどうなるのか、考えるだけで全身に鳥肌がひろがった。

(ま、まずい……まずいぞ)

身の危険を感じた。

このままだと殺されるのではないか。黒岩の鈍い光を放つ目を見て、本気でそう思った。

ここは会社などではない。特殊詐欺グループのアジトだ。正直に尾行していたと答えて許してもらえるはずがなかった。

(どうすればいいんだ……)

返答に窮していると、黒岩がぐっと顔を近づけてきた。

「答えられないなら質問を変えよう。先週の土曜日、うちの若いもんが怪我をしたんだが、本田さん、あんたなにか知ってるんじゃないか？」

先週の土曜日といえば、優乃が受け子をやっていた日だ。芳郎は路地裏で男に殴られて、そこにライダースーツの女が現れた。「うちの若いもん」とは、女に倒されたあの男のことを言っているのだろう。

「なかなか気の荒い男だったんだが顎を複雑骨折してね。今は入院中だよ。おかげで業務が滞って困ってるんだ」

芳郎の額に玉の汗が浮かんだ。

衝撃の事実だった。女の後ろ回し蹴りを喰《く》らって、あの男は顎を複雑骨折していた。彼女のすらりとした肢体を思い出す。しなやかな身体《からだ》のどこに、そんなパワーが秘められているのだろう。

「あいつは尾行してきた中年男にやられたと言ってたんだ。おまえがやったんじゃないのか？」

黒岩が髪の毛をわしづかみにして、至近距離からにらんでくる。芳郎は奥歯をカチカチ鳴らすだけで、もう視線をそらすこともできなかった。

（あいつ……ウソをついたな）

男が虚偽の報告をしたせいで、芳郎は追いつめられていた。

女にやられたとは言えなかったのだろう。しかも、たったの一撃で顎を砕かれたうえに、老婆から奪った金を取り返されたのだ。女のことはなにも言わず、中年男にやられたことにしたのだ。

「なあ、本田さん、黙ってないで本当のことを教えてくれないか」

「お、俺はなにも――ぐはッ！」

震えながらつぶやくと、黒岩の頭突きが顔面に炸裂《さくれつ》した。目の前で火花が飛び散り、激しい目眩《めまい》を覚えてうずくまった。

「こそこそ尾行するだけじゃなく、若いもんを病院送りにしてくれたんだ。ただですむと思うなよ」

黒岩が三人に目配《めくば》せをして自分の席に戻る。途端に飢えたハイエナのように、男たちが芳郎に群がってきた。

「本当にこんなガリガリの奴が強いのかよ……おらッ！」

角刈りの男が目の前に立ち、いきなり顔面に膝蹴りを叩きこまれる。鼻っ柱に命中して、どっと鼻血が噴き出した。

「ううッ……」

芳郎に反撃する気概などあるはずもなく、リノリウムの床で情けなく這《は》いつくばった。鼻がジーンと痛んで涙が溢れてくるが、拭う間もなく脇腹を思いきり蹴りあげられた。

「おごおおッ！」

「俺のことつけまわしやがって、一生後悔させてやるぜ」

パーカーの男だった。尾行されていたのが気に入らないのか、スニーカーのつま先を何度も脇腹に食いこませてきた。

「うぐッ……ぐふッ……や、やめ……」

芳郎は亀のように丸まり、必死に体をガードしようとする。しかし、そこに長髪の男も加わってきた。

「まだまだこんなもんじゃねえぞ、そらぁッ！」

背中を激しく踏みつけられる。他のふたりも同じように踵《かかと》を何度も打ちおろしてきた。

「おらおらッ、舐《な》めたことしやがって！」

「じじいっ、ぶっ殺すぞ！」

男たちの怒声が響き渡る。ガードの隙間を狙って、誰かのつま先が顔面に飛んできた。頰をしたたかに蹴られて手で押さえる。その隙に肋骨《ろっこつ》を蹴りあげられて、芳郎は仰向《あおむ》けにひっくり返った。

「ぐはッ……た、助け……」

「やっちまえ!」

ここぞとばかりに男たちの攻撃が加速する。腹、胸、そして顔に向かって三人の踵が容赦なく降ってきた。

(も、もう……ダメだ)

まさに袋叩きだ。激しい痛みで意識が薄れていく。このまま殺されるのかもしれない。朦朧《もうろう》としながらそう思ったときだった。

「何者だ?」

ふいに黒岩の声が聞こえた。

三人の攻撃がやみ、事務所に静寂がひろがった。芳郎はボロ雑巾のように床に倒れたまま、腫れた瞼を持ちあげた。

(あ……あいつは……)

黒いライダースーツに身を包んだ女の姿が目に入った。

フルフェイスのヘルメットをかぶり、事務所のドアを背にして立っている。すらりと長い脚を見せつけるように開いて立ち、黒いグローブをはめた手を腰に当てていた。

「なんだ女じゃねえか。なんか用でも――おごおおッ！」

パーカーの男が歩み寄った瞬間、女の前蹴りが腹に突き刺さった。

ただでさえ鋭い蹴りなのに、ライダーブーツを履いているので威力は倍増している。威勢のよかった男は呻き声を漏らして、その場にうずくまった。

「野郎っ！」

「なんだこいつ」

角刈りの男と長髪の男が身構える。そして左右からじりじり女に迫った。しかし、距離を置いてすぐには飛びかからない。先ほどの蹴りを見たことで警戒していた。やがてパーカーの男も起きあがり、顔をしかめながらファイティングポーズを取った。

「おまえら、油断するなよ」

黒岩の声が聞こえる。喧嘩慣れしている男たちだからこそ、女の強さがわかるのだろう。事務所は異様な緊張感に包まれた。

「三人がかりとは、悪党のなかでも最低の部類に入る連中ね」

女がはじめて口を開いた。淡々とした口調だが、清流のように涼やかな声だった。男たちは息を呑み、芳郎は倒れたまま彼女を凝視した。

「三人同時となると、さすがに視界が狭いわね」

女は顎紐《あごひも》をはずしてヘルメットを脱ぎ去った。次の瞬間、ストレートロングの黒髪がスローモーションのようにひろがり、やがてライダースーツの肩にさらりと垂れかかった。

ヘルメットを机に置くと、女は切れ長の瞳で男たちを見まわした。

年は二十代半ばから後半といったところか。高貴な美術品を思わせる彫刻のような美貌だった。それでいながら唇は艶《なま》めかしく光っており、血の通った女であることを主張していた。

誰も口にしなかったが、圧倒されているのは間違いなかった。

身構えた三人の男も倒れている芳郎も、そして連中のボスである黒岩までもが目を瞠《みは》っていた。

「お待たせ。いつでもどうぞ」

女は両手をだらりとさげた自然体で、挑発的な微笑を浮かべる。すると、いきなり角刈りの男が殴りかかった。

「おらあッ！」

ボクサー並みの右ストレートだが、女は身を屈めてかわすと喉もと目がけて手をすっと伸ばした。

「ぐへぇッ」

男がおかしな声を漏らして転倒する。両手で喉を押さえて、床の上でのた打ちまわった。

女は拳を握らず、黒いグローブをはめた指先をまっすぐ伸ばしていた。空手の貫手《ぬきて》だ。鍛えあげた指先で急所を突くので、それほど腕力は必要としない。しかもカウンターで決まれば威力は何倍にもなるだろう。

「クソッ！」

直後に長髪の男がハイキックを繰り出すが、女は冷静に軸足を払った。そして倒れた男の顎を蹴り抜き、あっという間に失神させた。

「うッ、うわああッ！」

さらにパーカーの男が逆上して襲いかかった。恐怖に駆られたのか、近くにあったパイプ椅子をつかんで振りあげた。

「セイッ！」

しかし、女が気合いとともに一瞬速く踏みこんだ。鋭角的に突き出した右肘が、男の鼻の骨を砕いていた。

「ひぎゃああッ」

さらに男の背後にまわりこんで腕を首に絡めていく。柔道の裸絞めだ。頸動脈《けいどうみゃく》に決まり、男はすぐに白目を剝《む》いて脱力した。

（す、すごい……）

すべては一瞬の出来事だった。

芳郎は倒れたまま女のことを見つめていた。時間にしてほんの数秒で、三人の男を倒したのだ。ところが彼女は整った顔を悔しげに歪《ゆが》めた。

「肝心な男に逃げられたわ」

視線は事務所の奥に向けられている。芳郎も釣られて見やると、窓が開け放たれており黒岩の姿がなくなっていた。どうやら部下を見殺しにして、ひとりで窓から逃げたようだった。

「頭を潰さないと意味がない……」

ライダースーツの女は、憎々しげにつぶやき拳を握りしめた。

彼女は気を取り直したように、黒岩の机の引き出しを漁《あさ》りはじめる。そして封筒を見つけ出すと、倒れている芳郎の前にそっと置いた。

「これを取り返したいのでしょう」

連中が老婆から騙し取った金だった。

彼女はヘルメットを手に取り、ドアに向かって歩きはじめた。倒れている男たちに興味はないようだった。

「このへんでやめておくことね。素人が安い正義感を出して首を突っこむと、命を落とすことになるわよ」

「あ……あんた……な、何者なんだ？」

全身が痛むが黙っていられない。芳郎はかすれた声で呼びかけた。

「もうわかってるんじゃない？」

女がドアの前で振り返る。そして唇の端に微笑を浮かべると、ヘルメットをかぶって立ち去った。

4

芳郎はボクサーブリーフ一枚で煎餅布団に胡座《あぐら》をかき、濡《ぬ》れタオルで全身を冷やしていた。

這うようにして黒岩興業の事務所から抜け出すと、タクシーを拾ってアパートに帰った。まだ心臓ばバクバクしている。なにが起こったのかわからず、先ほどから必死に頭を整理していた。

（まさか、あの女が……）

これまでもまったく考えなかったわけではない。しかし、心のどこかでそんなはずはないと否定していた。

――もうわかってるんじゃない？

彼女が放ったひと言が、まだ頭のなかで反響している。

いまだに信じられないが、この目で見たことは紛れもない事実だ。土曜日は屈強な男の顎を砕き、先ほどは三人の男を一瞬にして倒した。あの女が普通ではないことは確かだった。

（やっぱり……彼女が復讐代行屋なのか？）

心のなかでつぶやくだけで、全身の血液が沸騰するような興奮を覚えた。

躍動する肢体を目の当たりにすれば、誰もがそう思うのではないか。考えてみれば友里恵も優乃も「細身だがスゴ腕」という噂《うわさ》だけで、男か女かは明言していなかった。

ただの勘でしかないが、自分の考えが間違っているとは思えない。女の冷徹な美貌は、瞼の裏にしっかり刻みこまれていた。

携帯電話が着信音を奏ではじめた。

画面を見ると友里恵からだった。芳郎は躊躇することなく通話ボタンを押していた。

「俺だ……」

「よかった、ご無事でしたか」

友里恵のほっとしたような声が聞こえた。

無事とは言えないが、よけいなことを伝える必要はないだろう。幸い骨折などはなく打ち身だけだ。鼻や瞼は無残に腫れているが、普段の生活に支障はないだろう。

「どうなりましたか？」

彼女が気にしているのは仕事の進行状況だ。とはいっても、芳郎の仕事ではないのだが……。

「アジトはわかったが、それだけだ」

「そうですか……」

まだ特殊詐欺グループが潰れていないとわかり、友里恵の声はあからさまに沈んだ。

「でも……ばあさんの金ならここにある」

芳郎は脇に置いてある封筒を見おろした。自分で取り返したわけではないので遠慮がちなつぶやきになるが、彼女の声は一瞬で華やいだ。

「ありがとうございます、やっぱりすごいです」

「いや……」

「お願いがあります。清美《きよみ》さんがそちらに向かうので、いっしょに返しに行ってもらえませんか」

女性がひとりで大金を持ち歩くのは不安なのだろう。ついていくのは構わないが、はじめて聞く女性の名前だった。

「清美というのは受け子か？」

「あっ、ごめんなさい――」

友里恵は慌てて説明をはじめた。今日の受け子は水瀬《みなせ》清美、小学生の子供がいる三十四歳の人妻だという。

「清美さんもいろいろ大変みたいで……どうか、よろしくお願いします」

申しわけなさそうな声で言われると拒絶できない。電話の向こうで頭をさげている友里恵の姿が見える気がした。

(俺の知ったことではない)

そう思いながらも口に出すことなく電話を切った。

金はいっしょに返しに行くが、あとのことをどうするかが問題だ。連中のアジトは突きとめたが、壊滅する方法がわからなかった。そもそも表沙汰にならないように、特殊詐欺グループを葬り去ることなどできるのだろうか。

そんなことをぐるぐる考えていると、玄関ドアをノックする音が響いた。

(来たな)

体中が痛むので慎重に立ちあがり、ゆっくり玄関に向かった。

ドアを開けると、そこには昼間見かけた受け子の女性――水瀬清美が立っていた。やはり濃紺のスーツ姿なのは、これから老婆のところに金を返しに行くからだろう。

近くで見ると整った顔立ちの人妻だった。

マロンブラウンの髪が大きくうねっており、目尻が少しさがったやさしげな瞳をしている。清らかでやさしい人妻といった感じだが、ジャケットの胸もとが大きくふくらんでいるのが気になった。

「清美さんだな？」

友里恵がそう言っていたので、つい同じ呼び方になってしまう。口にしてから馴《な》れ馴《な》れしいと思ったが、訂正するのもおかしいのでそのままにした。

「は、はじめまして。よろしくお願いいたします」

清美の声は震えていた。怯えているのか頰の筋肉が微《かす》かにひきつっている。名前で呼ばれたことなどまったく気にする様子もなく、彼女は美しい所作で丁寧に腰を折った。

「子供がいるって聞いたけど、大丈夫なのか？」

「お気遣いありがとうございます。主人には同窓会だと言って出てきました」

家族に嘘《うそ》をついて時間を作ったらしい。現金を騙し取ったのだから、急いで返却したいのだろう。その気持ちはしっかり伝わってきた。

「そうか。あんたも大変だな」

「いえ、こんな時間に申しわけございません――」

清美が再び頭をさげていく。

芳郎がボクサーブリーフ一丁だったのに驚いたのか、それとも腫れた顔面を見て怖くなったのか、あるいはその両方かもしれない。いずれにせよ、芳郎に対して異常に気を使っているのがわかった。

「彼らがお金を奪いに来たら、わたしひとりでは対処できません。ご迷惑かと思いますが、ごいっしょしていただけますでしょうか」

すでに夜九時をまわっている。返しに行くなら急いだほうがいいだろう。

「すぐに準備する」

芳郎は彼女を玄関に待たせて、ジーパンとポロシャツを身に着けた。そして老婆の封筒を持って表に出た。

タクシーで騙された老婆の家に向かい、前回と同じように清美がひとりで金を返しに行った。

もちろん、詐欺には気をつけるようにと忠告したが、すでにカモリストに個人情報が記載されているだろう。いつかまた狙われると思うと、なんとも切ない気分になった。

「ありがとうございました。無事に返すことができました」

清美はそうつぶやき、すっと顔をうつむかせた。

詐欺を防ぐことができたとはいえ、罪悪感が消えるものではないらしい。溢れてくる涙を指先で拭っていた。

かける言葉が見つからなかった。

しばらく横に並んだまま住宅街をゆっくり歩いた。男たちに暴行を受けた体が痛むが、そんなことを言い出せる空気ではない。チラリと横を見れば、ブラウスをふくらませている大きな乳房がジャケットの襟を左右に押し開いている。歩を進めるたびにタプタプと揺れる様に惹《ひ》きつけられた。

駅の明かりが見えてくる。このまま電車で帰るのが安あがりでいいかもしれない。そんなことを考えたときだった。

「今夜は同窓会に行っていることになってるんです」

清美がぽつりとつぶやいた。それは先ほども聞いたが、なぜか彼女は足をとめて見つめてくる。

「遅くなるって言ってあります」

濡れた瞳がなにかを物語っていた。

「俺に、どうしろと……」

「お願いします。罰してほしいんです」

清美は意を決したように言うと、芳郎の腕を取って歩きはじめた。

踏切を渡って駅の北側に向かっていく。そこはラブホテル街になっており、色とりどりのネオンが輝いていた。

「ホテルの場所を調べておいたんです」

「ちょ、ちょっと待て――」

「どうしても自分を許せないんです」

芳郎のつぶやきは彼女の声に掻《か》き消されてしまう。そして、さらに強烈なひと言を浴びせられた。

「復讐代行屋さんにお仕事を依頼します。わたし、自分に復讐したいんです」

見つめてくる瞳は真剣そのものだった。

潤んだ瞳には、深い悲しみと自分自身への怒りが滲《にじ》んでいた。そのことに気づいて、芳郎は彼女を突き放せなくなった。

5

「なんだ……この部屋は……」

芳郎はラブホテルの一室で立ちつくしていた。

清美の勢いに押されるまま足を踏み入れたのは、ＳＭルームと呼ばれる特殊な部屋だった。

ショッキングピンクの照明が妖しい雰囲気を演出していた。

天井からは手枷のついたチェーンが垂れさがっており、ベッドにも四肢を拘束する手枷足枷がある。壁にはＸ字枷という人を磔《はりつけ》にするための器具が備え付けられていた。

壁のフックには様々な種類の鞭《むち》や大人のオモチャも用意されている。見ているだけでも頭がクラクラするような空間だった。

「わたし……悪い女なんです」

清美がジャケットを脱ぎながらつぶやいた。

「夫は総合病院に勤務する外科医です。小学校三年生の息子には大学生の家庭教師をつけていました」

ぱっと聞いたところ恵まれた家庭のようだ。そんな人妻がどうしてオレオレ詐欺の受け子をやらされるまで落ちぶれてしまったのだろうか。

「じつは……息子の家庭教師と関係を持ってしまったんです」

清美はブラウスのボタンをはずしながら、すっと視線を落とした。

前がはらりと開き、黒いブラジャーが見えてくる。しかも総レースのハーフカップブラで、柔肉の大半が覗《のぞ》いていた。

さらに清美はブラウスを脱ぎ、タイトスカートをおろしていく。すると黒いガーターベルトとセパレートのストッキングが露《あら》わになる。パンティはサイドが紐状で、股間を覆う面積が極端に小さいタイプだった。

（なんて格好だ……）

清らかな人妻という印象だった彼女が、まさかこれほど艶っぽいランジェリーを身に着けているとは驚きだ。芳郎は思わず目を見開き、女体を上から下まで眺めまわした。

（まさか、最初から誘うつもりで……）

普通の人妻である清美が、日頃からガーターベルトを愛用しているとは思えない。端《はな》から男を誘うつもりだったとすれば説明がつく気がした。

「最初は無理やり押し倒されたんです」

衝撃的な告白だが、艶めかしい人妻の女体に意識が向いている。うなずくこともできず、芳郎はただ生唾を飲みこんだ。

「お勉強が終わって、息子はすぐ公園に遊びに行ったんです。そして先生とふたりきりになったとき、いきなりソファに押し倒されて……」

清美は告白しながらX字枷を背にして立った。

X字枷は木製で真紅に塗られている。手枷と足枷がチェーンでつながっており、人を磔にするようになっていた。

清美は前屈みになり、自分の手で革製の枷を足首に装着していく。バンドで締めるタイプで左右の足首をそれぞれ拘束すると、脚を肩幅よりも大きく開いた状態になった。

「抵抗しました。でも、大学生の力には敵《かな》わなくて無理やり……本当にいやだったんです。それなのにいざはじまると、夫よりも……」

息子の家庭教師に乱暴された。ところが、抗《あらが》ったのは最初だけで、しだいに夫とのセックスでは味わえない快楽に流されてしまった。

それからというもの、なし崩し的に関係がつづき、息子の授業がある週二回は必ず抱かれた。やがて情が芽生えて、清美のほうが彼を求めるようになった。気持ちをつなぎとめるために小遣いをあげるようになり、ついには借金を作ってしまった。

あとになってわかったことだが、男は超ナンパサークルに所属しており、堕《お》とした人妻の人数を友人と競っていたという。

「本当に愚かだったと思います」

清美はX字枷に寄りかかり、悲しげな顔でつぶやいた。

幸せな家庭があったのに、息子の家庭教師に入れあげて借金を背負い、今では詐欺の手伝いまでさせられている。しかも清美に金がないとわかると、大学生は家庭教師を辞めたという。

「夫にも息子にも申しわけが立たなくて……お願いします、罰してください」

「し、しかし……」

これはかなり根が深そうだ。

彼女は罰してほしいと言いながら、また芳郎と罪を重ねようとしている。こんなことを繰り返していたら精神が崩壊してしまうのではないか。そんな気がしてならないが、清美は涙を流しながら懇願してきた。

「こんなこと復讐代行屋さんにしか頼めません。どうかわたしの依頼を受けてください」

彼女は自分自身に復讐をしたいと願ってる。本物の復讐代行屋は、そんな依頼でも受けるのだろうか。

（で、でも……）

すでに男根はギンギンに勃起していた。

熟れた人妻の女体を前にして、先端から大量の我慢汁を噴きこぼしている。SMルームの非日常的な空気が、牡《おす》の欲望を増幅しているのかもしれない。異様なほど気分が高揚して、彼女に触れたくてたまらなかった。

昂《たかぶ》っているせいだろうか。三人の男たちに暴行を受けた傷の痛みが消し飛んでいる。それどころか全身の血液が沸き立っているのを感じた。ふくれあがる欲望が痛覚を抑えこんだのかもしれなかった。

「手を……手枷をつけてください」

清美の声に誘われて、芳郎はほとんど無意識のうちにふらふらと歩み寄っていた。そして手枷をつかむと、人妻の細い手首にはめていく。両手をバンザイする格好で拘束すれば、彼女は四肢の自由を完全に奪われた状態になった。

「ああっ……」

身動き取れなくなったことで、清美の唇から甘い吐息が溢れ出した。

もしかしたらマゾっ気があるのかもしれない。彼女がいじめられて興奮するのなら、望みどおり罰を与えても構わないのではないか。

（そうだよ……これは清美さんが望んだことなんだ）

欲望がどんどんふくらんでいく。芳郎は都合よく自分を納得させると、慌ただしく服を脱ぎ捨てて裸になった。

男根は雄々しく反り返っている。竿《さお》は野太く漲《みなぎ》り、亀頭は我慢汁にまみれて張りつめていた。

「ああ、復讐代行屋さんの……大きい」

清美がはっとした様子で息を吞む。彼女の潤んだ瞳はそそり勃《た》った肉柱に向けられていた。

「き、清美さん……」

興奮のあまり声が上擦った。

なにしろショッキングピンクの照明の下で、セクシーなランジェリー姿の人妻がX字枷に拘束されているのだ。手足を伸ばした状態で磔にされている。身動きできない熟れた女体が、罰してほしくてくねっていた。

「はぁっ、見てるだけなんて……」

視線を感じることで清美も興奮している。ため息を漏らして、濡れた瞳で見つめてきた。

「悪いわたしを……お仕置きしてください」

懇願の声が引き金になり、芳郎はハーフカップブラの上から双《ふた》つの乳房をわしづかみにした。

「ああンっ」

軽く指先を食いこませただけで、彼女の唇から甘い声が溢れ出す。身体をもどかしげによじると、手枷と足枷を固定しているチェーンがジャラジャラと金属的な音を響かせた。

「おおっ、なんて柔らかさだ……」

子供を生んでいることが関係しているのか、清美の乳房は今にも溶けてしまいそうなほど柔らかい。指がどこまでも沈みこんでいく感触に陶然となり、総レースのブラジャーごと揉《も》みあげた。

「あンっ……ああンっ」

「そんなに声を出して……興奮してるのか？」

「慎也《しんや》先生にもこうして……はあああンっ」

乳房を揉むほどに喘《あえ》ぎ声が大きくなっていく。

家庭教師は慎也という名前らしい。清美は芳郎に揉まれながら、若い大学生のことを思い出していたのだ。

「浮気相手のことが、まだ忘れられないのか」

背中に手をまわしてブラジャーのホックをはずす。途端にカップが上方に弾《はじ》け飛び、たわわに実った乳房が剝き出しになった。

「あンっ……」

解放感なのか羞恥なのか、清美の唇からまたしても甘い声が溢れ出した。

乳房は釣鐘形でたっぷりしており、柔らかそうに揺れている。乳首は少し濃い肌色で、大きめな乳輪がいかにも好色そうで卑猥《ひわい》だった。

「乳首が勃ってるぞ」

双つの乳首を指先で摘《つ》まみあげてクニクニと転がした。すると清美は焦《じ》れたように腰をよじり、切なげな瞳で見つめてくる。乳首は硬く充血して、ますます硬く尖《とが》り勃った。

「あンっ、そ、そんなにされたら……ああンっ」

「また浮気したいと思ってるんじゃないのか?」

清美がマゾっぽい反応をするから、芳郎もおかしな気分になってくる。自分でも知らなかった嗜虐《しぎゃく》性が目覚めて、もっと彼女を泣かせてみたくなってきた。

「本当はこのおっぱいで慎也先生を誘惑したんじゃないのか？」

乳首を指の股に挟んでこってり揉みあげる。柔肉に容赦なく指を沈みこませて、同時に乳首も刺激した。

「はああンっ、そ、そんな、誘惑だなんて……」

思いのほか彼女の反応は顕著だった。首を左右に振って否定する。そうやって必死になるところが怪しかった。

「そうか、こんないやらしい下着まで用意して、人妻の身体を見せつけたんだろう。そうやって息子の家庭教師を誘ったんだな」

「あンっ、ああンっ、し、慎也先生は……お、おっぱいが好きだったんです」

清美が喘ぎまじりに、ぽつりぽつりと語りはじめた。

本当は彼女も少し気があったらしい。若い大学生がチラチラ見ているのに気づいて、悪戯心《いたずらごころ》で乳房の谷間を見せつけていた。その結果、押し倒されて強引に犯されてしまったのだ。

「先生のせいにしてるが、本当は自分が悪いんじゃないか」

ますます嗜虐的になり、乳房を捏《こ》ねるように揉みまわす。すると清美は眉を困ったように歪めて、媚《こ》びるような喘ぎ声を振りまいた。

「ああっ、ごめんなさい、わたしが悪かったです、ああンっ」

「いい声が出てきたな。今度は俺を誘ってるのか？」

ペニスはかつてないほど硬くなり、大量の我慢汁を噴きこぼしている。獣性《じゅうせい》が刺激されて、気分はどこまでも高揚していく。

「なあ、俺を誘ってるんだろ？」

声をかけながら乳房にむしゃぶりついていく。乳首に舌を這わせて乳輪ごとジュルルッと吸いあげた。

「はああッ、そ、それ……あああッ」

「これが気持ちいいのか？」

「ああンっ、ご、ごめんなさい、わたしが悪かったです、ああンっ」

磔にされた裸体をよじり、清美が喘ぎながら謝りはじめる。その謝罪の言葉は夫に向けられたものなのか、それとも息子に向けられたものなのか。

しかし、口では謙虚に謝っているが、女体がさらなる刺激を求めているのは間違いない。硬くなった乳首を舌先でピンッと弾けば、拘束された人妻の女体が艶めかしくくねりはじめた。

「あああッ、そ、そんな……」

「どうかしたのか？」

乳首を口に含んだまま見あげていく。すると清美は眉を八の字に歪めて、なにかに耐えるように下唇を噛んでいた。

「ちゃんと言わないとわからないぞ」

もう一度、乳首を舌先で弾いてみる。途端に女体がビクビクッと反応した。とはいえ手足を拘束されているので動きは制限されている。チェーンの金属音が響き渡り、淫靡《いんび》な空気がますます濃くなった。

「も、もっと……強く……ああっ、噛んでください」

どうやら刺激が足りなかったらしい。それならばと前歯を立てて、屹立《きつりつ》した乳首を甘噛みした。

「ひああッ！」

清美の唇から裏返った嬌声《きょうせい》が迸《ほとばし》った。女体の悶《もだ》え方も大きくなり、餅肌がしっとり汗ばんできた。

「そうか、こういうのが感じるんだな」

左右の乳首を交互にしゃぶっては甘噛みする。前歯を軽く食いこませれば、清美はヒイヒイとよがり泣いた。

「あうぅッ、も、もう許してください」

いつしか女体は汗にまみれている。悶えて喘ぎまくったことで、全身が火照って桜色に染まっていた。

「自分で噛んでくれって言ったくせにわがままだな」

乳首を解放すると、汗で湿った腋《わき》の下が目に入った。

両腕をバンザイの格好であげているため、綺麗《きれい》に無駄毛の処理がされた腋窩《えきか》が剝き出しになっていた。

（こ、これは……）

吸い寄せられるように腋の下に顔を寄せていく。ほんのりと漂う汗の匂いも牡の獣性を刺激する。そのまま柔らかい皮膚にむしゃぶりつき、人妻の腋の下を舐めまわした。

「ひッ、ひいッ、そ、それはダメですっ」

予想外の愛撫《あいぶ》だったらしい。清美は慌てた様子で身をよじるが、どうにもならない。X字形に拘束されているので、なにをされても逃げられなかった。

「あひいぃッ、く、くすぐったい、ひあぁッ」

「ううむっ、清美さんの腋の下、とってもおいしいですよ」

柔らかい皮膚を舐めまわし、少し酸味のある汗を堪能《たんのう》する。左右の腋の下を交互に舐めながら、手では乳房を揉みあげて乳首を転がした。

「あひッ、あひいッ、や、やめて、あああッ」

くすぐったいのか感じているのか、清美が甲高い声で喘ぎつづける。いつしか唇の端から透明な涎《よだれ》を垂らして、腰を激しくよじらせていた。

人妻の腋窩をたっぷり味わうと、芳郎はその場でしゃがみこんだ。そして、ガーターベルトで彩られた腰を撫《な》でまわし、さらには総レースの小さなパンティで覆われた恥丘に手のひらを重ねた。

「ああっ……な、なにを……」

清美が期待と不安の入り混じった声で尋ねてくる。芳郎は答える代わりに、パンティの股布を脇にずらして女性器を露出させた。

「いやぁっ、見ないでください」

「おおっ……」

人妻の陰唇はダークピンクで少し型崩れしている。すでに大量の蜜が溢れており、トロトロにふやけていた。さらに大きくパンティをずらせば恥丘が剝き出しになる。陰毛は意外なことに自然な感じで濃厚に生い茂っていた。

「いやらしい匂いがプンプンするぞ」

両手で豊満な尻を抱えこみ、女陰に口を押しつける。脚の間に潜りこむような感じで、人妻の股間に吸いついた。

「これが清美さんの……おむううッ」

「はああッ、そ、そんな、あああッ」

X字枷に拘束された清美の女体が激しく跳ねまわる。蕩《とろ》けた女陰を舐められるのが感じるらしい。恥裂から新たな蜜がどんどん湧き出て、あっという間に芳郎の顎までぐっしょり濡れた。

「ああッ、ああッ、い、いいっ」

清美が股間をググッと迫《せ》り出してくる。もっと舐めてくれと言うように性器を突き出す姿は、人妻とは思えないほど淫らだった。

「なんていやらしいんだ。旦那さんが見たらどう思うだろうな」

わざと蔑《さげす》みの言葉をかければ、濡れ方がいっそう激しくなる。やはりマゾっ気が強く、いじめられるほうが感じるらしい。愛蜜が溢れる女壺に舌先をズブリッと埋めこんだ。

「ひああッ、も、もうっ、あああッ」

本物の男根を欲しているのだろう。舌をゆっくり抜き差しすれば、膣口《ちつこう》がさらなる刺激を求めてひくついた。

「お、お願い、あああッ、お願いです」

「はっきり言わないとわからないぞ」

女陰を猛烈にしゃぶり、鼻の頭でクリトリスを押し潰す。強めの刺激を与えてやれば、清美はもう耐えられないとばかりに泣き叫んだ。

「ひあああッ、く、くださいっ、硬くて太いの、奥まで挿《い》れてくださいっ」

ついに人妻の唇から淫らな懇願が飛び出した。それだけではなく、股間をはしたなくしゃくりあげてアピールする。夫以外のペニスが欲しくて、大量の愛蜜を垂れ流していた。

「まったく恥知らずな女だな」

芳郎も異様なほど興奮している。股間から顔をあげると、華蜜にまみれた口もとを手の甲で拭った。そして片方の足枷だけはずして立ちあがり、その脚を脇に抱えこんだ。

これで清美は片脚立ちで、股間をぱっくり開いた状態になる。芳郎は腰を彼女の下肢の間に押しこむと、勃起したペニスを真下から女陰にあてがった。

「あっ……熱いです」

「ぶちこんでやるっ」

「来てくださ——いはあああッ！」

張りつめた亀頭を埋めこんだ瞬間、女体が反り返って硬直した。

そのまま腰を押しあげて、肉柱を一気に根元まで送りこむ。ふたりの股間が密着して、それでも駄目押しとばかりに突きあげれば、清美は足枷がはまった足でつま先立ちになった。

「ふんんッ！」

「くあああッ、ふ、深いっ」

顎が跳ねあがり、マロンブラウンの髪が宙を舞う。ショッキングピンクの光を浴びて、拘束された人妻の熟れた女体が波打った。

「ああぁッ、お、奥っ、奥まで来てますっ」

「全部、入ったぞ」

彼女の片脚を抱えこんでの立位だ。亀頭の先端が女壺の行きどまりに到達している。膣口が思いきり収縮して、陰茎の根元に食いこんでいた。

「くううッ、こんなに締めつけて、いやらしい人妻だな」

「だ、だって……あァンっ」

清美は言いわけがましくつぶやき、首をゆるゆると左右に振った。

「なにがだってだ。清美さんが締めつけてるんだぞっ」

股間をグイッと突きあげる。ペニスがさらに深くめりこみ、亀頭が子宮口を圧迫した。

「ひああッ、ふ、深すぎますっ」

「ほら、また締まってるじゃないか」

膣口が収縮するだけではなく、無数の濡れ襞《ひだ》が肉胴に絡みついてくる。膣道全体がうねうねと蠢《うごめ》きながら絞りあげられて、なんとかこらえてきた欲望が猛烈に煽られた。

「くうッ、人妻のくせに……ぬうううッ」

いよいよ本格的に腰を振りはじめる。真下からズンズン突きあげて、亀頭で最深部を叩きまくった。

「あうッ……あうッ……」

「こういうのが好きなんだろ？」

「あううッ、つ、強いっ、あああッ、強すぎますっ」

清美は涙を浮かべながら訴えてくる。両手はバンザイする格好で手枷をはめられているので抵抗できない。男の欲望のままに、成熟期を迎えた女体を貪られるしかなかった。

「強いのが好きなくせに口答えするなっ」

ピストンを緩めることなく膣壁を擦《こす》りまくる。女壺から絶えず新たな愛蜜が分泌しており、結合部分はぐっしょり濡れそぼっていた。

「どうなんだ、強いのが好きなんだろ、白状しろっ」

「あああッ、ご、ごめんなさい、あああぁッ」

厳しい口調で責め立てれば、清美は泣き顔になって謝罪する。それでも蜜壺はヒクヒク反応しており、夫以外の男根をしっかり食いしめていた。

「くおおッ、こんなに締めつけて……おおおッ」

さらに抽送を加速させる。真下から力強く突きあげて、カリで膣壁をえぐりながら、亀頭を連続で子宮口にぶち当てた。

「あうッ、つ、強いっ、あううッ、強いの好きですっ」

ついに清美に唇から涎とともに本音が溢れ出す。X字枷に拘束された不自由な体勢で、自ら股間をしゃくりあげている。芳郎のピストンに合わせて、クイクイと腰を振る姿が淫らだった。

「なんて人妻だ……ぬううッ」

ガーターベルトで着飾った人妻とセックスしている。しかもラブホテルのＳＭルームで自由を奪い、メチャクチャに突きまくっているのだ。

「ああッ、ああッ、いいっ、いいですっ」

清美の喘ぎ声がどんどん大きくなっている。整った顔を快楽に歪めて、透明な涎を垂らしながら悶えていた。

「旦那さんとやるときもこんなに喘ぐのか？」

「いやンっ、夫のことは言わないでください……」

途端につらそうな表情になり、いやいやと首を振る。それでいながら、股間はペニスを追い求めて前方に突き出していた。

「俺のチ×ポを咥《くわ》えこんでるくせに、偉そうなことを言うなっ」

怒声を浴びせて膣奥をガンガン突きあげる。女壺は歓喜の涙を流して、肉棒をこれでもかと締めつけた。

「はうぅッ、ご、ごめんなさい……夫のときはそんなに……」

「旦那さんのセックスじゃ感じないのか？」

「そ、そんなことは……ただ子供がいるので、どうしても……」

息子を起こしてしまうので、思いきり喘げないらしい。声を抑えているうちに没頭できなくなり、欲求不満に陥ったのではないか。

「それなら、今は思いきり声を出していいぞ。そらそらッ！」

「は、はいっ、あああぁッ、い、いいっ」

清美の喘ぎ声が大きくなった。女体の悶え方も大きくなり、たっぷりした乳房が弾みまくる。手足を拘束している枷のチェーンがジャラジャラ鳴るのも、興奮を煽るスパイスになった。

「あああッ、はあああッ……はむンンッ！」

喘ぎまくる唇に吸いつき、いきなり舌をねじこんだ。ピストンを緩めることなく口腔粘膜をしゃぶりまわし、人妻の舌を唾液ごと強引に吸いあげた。

「あふッ……あふンンッ」

清美はくぐもった喘ぎ声を漏らしながら、舌を伸ばして応えてくれる。互いの唾液を味わうことで、快感が一気に跳ねあがった。

「おおおッ、くおおおッ」

唇を離して、激しく腰を振りまくる。もう昇りつめることしか考えられず、勢いのまま剛根を叩きこんだ。

「ひあぁッ、す、すごいっ、あぁああッ、すごいですっ」

「また締まってきた……ぬおおおッ」

射精欲が盛りあがり、頭のなかがどぎつい赤に染まっていく。最高の瞬間に向けて、一心不乱にペニスを抜き差しした。

「はああぁッ、も、もうっ、ああぁッ、もうおかしくなっちゃうっ」

「いいぞ、おかしくなっても、旦那以外のチ×ポでおかしくなるんだっ」

片手で乳房を揉みしだき、硬くなった乳首を指先でしごきあげる。そうしながら火柱と化したペニスを蜜壺深くにえぐりこませた。

「ひあぁッ、イ、イクッ、イッちゃううっ、ああぁあッ、イクイクううッ！」

ついに清美が拘束された女体をバウンドさせて昇りつめる。オルガスムスの大波に呑みこまれて、汗まみれの裸体がビクビクと痙攣《けいれん》した。

「おおおッ、出すぞっ、ぬおおおおおおおおおおッ！」

彼女が達するのと同時に、芳郎もこらえにこらえてきた欲望を解放する。股間をぴったり密着させた状態で、女壺に埋めこんだ男根を脈動させた。

「おおおおッ、おおおおおおおッ！」

雄叫《おたけ》びをあげながら大量のザーメンを噴きあげる。亀頭が破裂するのではと思うほどの、これまでにない凄《すさ》まじい快感が突き抜けた。

「あああッ……はあああッ」

熱い粘液を膣奥で受けとめて、清美がよがり泣きを迸らせる。瞳は焦点を失っており、ぼんやりと膜がかかったようになっていた。

「あううッ、いいっ、あううッ、いいのぉっ」

清美はすっかり快楽に翻弄されている。今この瞬間は、夫のことも子供のことも忘れているに違いない。ただ肉の愉悦だけを求めて、無意識のうちに股間をしゃくりあげていた。

「ううッ、まだ出る……」

芳郎は拘束された女体を抱きしめると、いつまでも腰を振りつづける。絶頂の発作が何度も押し寄せて、精液が二度三度と噴きあがった。

「すごかったです……」

清美はマロンブラウンの髪をそっと掻きあげると、恥ずかしげにぽつりとつぶやいた。

すでにシャワーを浴びて、身なりを整えている。濃紺のスーツを身に着けた清美は、しっとりとした雰囲気の人妻だ。まさかガーターベルトをつけて男を誘うような女には見えなかった。

芳郎も服を着ており、ふたりは並んでベッドに腰かけていた。

ラブホテルの一室には、激しいプレイの余韻が濃厚に漂っている。甘酸っぱい淫臭とほんのり漂う汗の香りが、まだ痺《しび》れの残っている男根を刺激した。

「やっぱり、復讐代行屋さんって普通の人とは違うんですね」

「いや……」

芳郎は喉もとまで出かかった言葉を呑みこんだ。

どうせ説明したところで信じてもらえないだろう。彼女たちは芳郎のことを完全に復讐代行屋だと思いこんでいた。

(別に無理やり訂正することもないか……)

わかってもらえないのなら、仕事を断ればいいだけの話だ。

復讐代行屋だと思っているならそれでもいい。今度、友里恵にあったとき、手付金を返して仕事は受けられないとはっきり言うつもりだった。

「でも、どうしてわたしたちを助けてくれるんですか?」

清美がふいに尋ねてきた。

(どうしてもなにも……)

今ひとつ質問の意味がわからなかった。

自分たちが仕事を依頼してきたのではないか。特殊詐欺グループを撲滅してほしいと手付金の百万円まで用意して……。

「ごめんなさい、わたし、おかしなことを言ってますよね。でも、本当に不思議だったんです」

なにが引っかかっているのか、清美がじっと見つめてくる。そして意を決したように唇を開いた。

「だって……こんな小さな仕事を引き受けてくれると思わなかったから」

彼女の唇から語られたのは意外な言葉だった。

芳郎は袋叩きにされて、命の危険さえ感じていた。普通に生活していたら絶対にかかわることのない連中に捕まり、激しい暴行を受けたのだ。

(これが小さな仕事だって?)

憤慨するが口には出さなかった。

これまで、なにか言うたびに誤解を招いてきた。口は災いのもと、とはよく言ったものだ。

「大学時代の知り合いに、ライターをやっている人がいるんです。いろんな事件の取材とかしてるから知ってるんじゃないかと思って、その人に復讐代行屋さんのことをさりげなく聞いてみたんです」

よほど気になっているのだろう。清美は言いにくそうにしながらも、ぽつりぽつりと語りはじめた。

「伝説の復讐代行屋……仕事は完璧だけど依頼金は莫大《ばくだい》で、人殺し以外はなんでもやる。ターゲットになった人は絶対に逃げられない。これまで積みあげてきたものをすべて奪われて、絶望の淵《ふち》に追いやられる。その結果、人生に悲観して自ら命を絶った人もいるとか……」

「ちょ、ちょっと待て……」

「いいんです、追及はしません。ただの噂ですから」

清美は言葉を切って、すっと視線をそらした。

やはり完全に誤解している。彼女がアパートを訪ねてきたとき、やけに怯えていたのはこのためだ。

「でも、あなたを見てると、どうしても悪い人には見えなくて……友里恵さんも優乃さんも、すごくいい人だって言ってました」

非情で冷酷、しかも強欲な裏の仕事人。それが彼女たちが抱いている復讐代行屋の印象だった。

（そんなとんでもない奴に間違われていたのか……）

芳郎は愕然《がくぜん》としていた。

勝手に正義の味方のような人物を想像していたが、現実はまったく違っていたらしい。実際は犯罪者と紙一重ではないか。いや、裏稼業だから犯罪者と言ってもいいかもしれない。

ふとライダースーツの女が脳裏に浮かんだ。

（まさか、あの女が……）

確信はないが、どこまでも疑わしい。あの冷徹な美貌を思い出すと、背筋がゾクリと寒くなった。

第四章　囚われた美肉

1

翌日の土曜日、芳郎は万年床で泥のように眠っていた。

携帯電話の着信音で、暗闇の底から意識がゆっくり浮きあがった。だが、全身に鉛のような疲労が蓄積しており、起きる気力が湧かない。そのまま無視して寝ていると、やがて着信音はプツリと途切れた。

しかし静寂が戻ったのも束の間《つかま》、またすぐに電話がかかってくる。耳障りな着信音が響き渡り、芳郎は枕もとの時計を見やった。

時刻は午後二時をまわったところだ。疲れが抜けておらず、電話が鳴らなければ夜まで寝ていただろう。

昨日は慌ただしい一日だった。

特殊詐欺グループのアジトを突きとめたものの袋叩《ふくろだた》きにされて、ライダースーツの女に助けられた。そして金を老婆に返しに行ったあと、清美とラブホテルで熱い一夜をすごしたのだ。

深夜にラブホテルを出て、清美とは別のタクシーに乗って帰ってきた。そして、この時間まで惰眠を貪っていた。

携帯電話はまだ鳴りつづけている。

寝惚《ねぼ》けながら手を伸ばし、畳の上に転がっている携帯電話を手に取った。画面を見ると、そこには友里恵の名前が表示されていた。

「はい……」

躊躇《ちゅうちょ》することなく電話に出た。

これ以上かかわったら本当に殺されてしまう。もう復讐代行屋と勘違いされたままでもいい。訂正するのは無理でも仕事の依頼をきっぱり断り、手付金も全額返すつもりだった。

「助けてください」

いきなり友里恵の悲痛な声が聞こえた。

かなり焦っている感じで、しゃくりあげている。涙を流している友里恵の顔が脳裏に浮かんだ。

「黒岩という人から電話がかかってきたんです」

友里恵の声は震えている。内容を聞く前から、なにか恐ろしいことを言われたのは伝わってきた。

（黒岩……）

その名前を聞いた瞬間、暴行された恐怖がよみがえった。芳郎は体を起こすと、煎餅布団の上で胡座《あぐら》をかいた。

「なにを言われた？」

「おまえたちのせいで、うちの若い連中が怪我《けが》をした。罰としてソープで働いて借金を返せって……」

友里恵は絞り出すような声で語り、ついには嗚咽《おえつ》を漏らしてしまう。人妻の悲しげな泣き声が、芳郎の胸を切なく締めつけた。

「どうか……どうかわたしたちを助けてください」

涙ながらに懇願してくる。ソープランドで働かされたら、さすがに家族の前で普通に生活することはできないだろう。

（そんなことを言われても……）

芳郎は返答に窮してしまった。

仕事をきっぱり断るつもりだったが、今はそんなことを言い出せる雰囲気ではない。しかし、だからといって芳郎に助けられるはずもなかった。

黒岩の部下を倒したのはライダースーツの女だ。芳郎は袋叩きにされただけで、なにもできなかった。

「お願いします。本田さんしか頼りになる人がいないんです」

「俺には、なにも……」

「信じています。みんなも同じ気持ちです」

どうしても突き放すことができない。芳郎がなにも言えずに黙りこむと、友里恵は最後にもう一度「信じています」と言って電話を切った。

（どうして、こんなことに……）

芳郎は携帯電話を握りしめて、がっくりとうな垂れた。

友里恵、優乃、清美、三人の人妻たちの顔を思い浮かべる。みんな駄目なところはあったが、それぞれ家族を大切にしていた。だからこそ特殊詐欺グループに取りこまれてしまったのだ。

なんとかしてあげたい気持ちはある。だが、現実的に非力な自分にはどうすることもできない。黒岩の部下たちを倒したのは芳郎ではなく、あのライダースーツの女なのだから……。

2

その日の夜、芳郎はひとりで新宿に向かった。

Tシャツにジーパン、それにスニーカーという街に溶けこむ服装だ。煌《きら》びやかなネオンが瞬く歌舞伎町を抜けて、奥へ奥へと歩いていく。やがて店が少なくなり、雑居ビルが立ち並ぶ地域になってきた。

(俺はなにをやってるんだ)

芳郎は心のなかで自嘲的につぶやき、電柱の陰で立ち止まった。

視線の先には特殊詐欺グループのアジト、黒岩興業が入っている雑居ビルがある。またここに来てしまった。あれほど恐ろしい思いをしたというのに、自らの意思で訪れたのだ。

あの人妻たちを助けたかった。

妻を亡くしたことで無気力になっていた芳郎だが、彼女たちのおかげで生きる活力を取り戻しつつあった。

なにもできないが、なんとかしてあげたいとは思っている。友里恵の電話があってから、ずっと考えているが妙案は浮かばない。それでも居ても立ってもいられず来てしまった。

（やっぱり警察の力を借りるしかない）

それ以外に解決策は思いつかなかった。

彼女たちは事件が公になることを望んでいない。それはわかっているが、このままではソープランドで働かされてしまうのだ。そんなことになったら、取り返しがつかなくなる。

（でも密告するだけじゃダメだ）

警察を動かすには犯罪の証拠が必要だ。

黒岩興業の事務所に忍びこめば、なにかしら犯罪の痕跡が残っているかもしれない。しかし、暴行を受けた場所を前にすると躊躇してしまう。恐怖がよみがえり、侵入する勇気が湧かなかった。

もうすぐ深夜零時になろうとしている。事務所がある二階の窓の明かりは最初から消えていた。他の階の電気もついておらず、まるでビル全体が廃墟《はいきょ》のようだった。

（でも、もし誰かが戻ってきたら……）

そう考えると、どうしても踏みこむことができない。うだうだしている間に時間ばかりがすぎていった。

黒いオートバイが走ってきて、雑居ビルの前で停車した。

乗っているのは黒いライダースーツの女だ。エンジンを切ってサイドスタンドを出すと、オートバイから降りて雑居ビルを見あげた。

（どうして、あの女が……）

ヘルメットをかぶったままなので顔はわからない。だが、佇《たたず》まいからあの女だと確信していた。

黒岩興業の明かりが消えていることを確認したのかもしれない。彼女は躊躇することなく雑居ビルに入っていった。

（なにをするつもりだ？）

芳郎は電柱の陰に身を潜めたまま、二階の窓を見あげていた。

すると突然、明かりがパッと灯《とも》った。あの女が電気をつけるとは思えない。侵入したのなら慎重に行動するだろう。窓を注視していると、天井に大勢の蠢《うごめ》く人影が映っていた。

(な……なんだ?)

事務所にいるのは彼女だけではない。他にも誰かがいる。しかもかなりの人数なのは間違いなかった。

(まさか、待ち伏せされてたんじゃ……)

いやな予感がした。

黒岩の部下たちの狂暴性は身をもって知っている。準備をして待ち構えていたのなら、いくらあの女が強くても勝てないのではないか。囚《とら》われの身となったら、どんな仕打ちを受けるかわからなかった。

「くっ……」

芳郎は奥歯をギリッと嚙《か》んだ。

彼女がなにを考えているのかはわからない。だが、実際に二度も救われているのは事実だ。とくに昨日はやばかった。彼女がいなければ、今ごろ軽くても病院送りにされていただろう。

このまま見過ごすことはできなかった。

芳郎は意を決すると、勇気を振り絞って雑居ビルに向かって歩き出した。自分にはなにもできないかもしれない。だが、彼女を置いてこの場から逃げるのは違うと思った。

黒いオートバイの横を通るとき、ガソリンタンクに「Ｋａｗａｓａｋｉ」のロゴが見えた。あのすらりとした女が乗るとは思えない、まるで黒馬のように大きなバイクだった。

雑居ビルの階段を恐るおそるあがり、黒岩興業のプレートがかかったドアに歩み寄る。そして細心の注意を払ってノブをまわすと、ほんの少しだけドアを開いて隙間を作った。

（なっ……）

室内を覗《のぞ》いた瞬間、衝撃の光景が目に飛びこんできた。危うく声を漏らしそうになり、ギリギリのところで呑《の》みこんだ。

ライダースーツの女を十人の男たちが円を作って囲んでいる。そのなかには角刈りの男と長髪の男、それにパーカーの男の姿もあった。そして離れた場所で黒岩が腕組みをして立っていた。

待ち伏せされていたに違いなかった。

突然取り囲まれたのだろう、女はヘルメットをかぶったままだ。視界が狭いので、この人数が相手では不利だった。しかも男たちはバットや木刀など、全員が武器を手にしていた。

「顔は傷つけるなよ。生け捕りにしろ」

黒岩が低い声で命じると、男たちがいっせいに襲いかかった。

「おらぁッ!」

ひとりが正面からバットを振りあげて迫ってくる。彼女は素早くサイドにずれて紙一重でかわし、カウンターの膝蹴りを腹に叩きこんだ。

「ぐふぅッ」

蛙《かえる》が潰れたような声を漏らして、男がその場に崩れ落ちた。

しかし、背後にいた男が木刀を横殴りに振りまわすと、それが彼女の脇腹に命中する。やはり死角からの攻撃は避けきれない。一瞬動きがとまり万事休すかと思われたが、振り向きざまにハイキックを放った。

「セヤァッ!」

「うッ……」

側頭部を蹴られた男は一発で意識を失い、仰向《あおむ》けにどっと倒れた。

しかし、脇腹が痛むのか明らかに動きが鈍っている。残りの八人がゴルフクラブや角材を振りまわし、彼女は防戦一方になってしまう。ガードを固めて反撃の隙をうかがうが、さすがに男八人相手では分が悪い。ついには力つきて、がっくりと片膝をついた。

女はリノリウムの床にひざまずいた状態で、男たちが両腕をつかんで左右に引き伸ばす。そして、ヘルメットの顎紐《あごひも》が緩められて頭から抜き取られた。

「うおおっ……」

冷徹な美貌が露《あら》わになると、男たちの間から低い唸《うな》り声があがった。

十人がかりで待ち伏せしなければならない強敵が、これほどの美しさを誇っていることに誰もが驚きを隠せない。それと同時に好色そうな目を、ライダースーツで覆われた女体に這《は》いまわらせた。

「くっ……」

女は悔しげに下唇を噛むと、鋭い視線で男たちをにらみつける。捕らえられても屈する様子はまったくなかった。

「もう誰もいないと思ったんだろう。アジトがばれたら即撤退するのが鉄則だからな。だから、あえて罠《わな》を張ったんだ」

黒岩が押さえこまれた女の前に歩み寄る。そして、勝ち誇ったような顔で見おろした。

「念のため待ち伏せしていて正解だったよ」

「卑怯者《ひきょうもの》の集団ね」

女が憎々しげに吐き捨てる。すると黒岩が目の前にしゃがみこみ、太い指で女の形のいい顎をつかんだ。

「フッ、口の減らない女だ。俺はおまえのように気の強い女を泣かせるのが大好きなんだよ」

「勝手にすればいいわ」

「いつまでそんな口を聞いていられるか楽しみだな。せいぜいがんばって俺たちを楽しませてくれよ、復讐《ふくしゅう》代行屋の矢島香澄《やじまかすみ》」

黒岩が名前を呼んだ途端、女の顔色が変わった。

ますます鋭い目つきで黒岩をにらみつけるが、それは図星を指されたことによる動揺の裏返しではないか。覗き見している芳郎には、そんな気がしてならなかった。

（やっぱり、あの女が……）

疑惑が確信に変わっていた。

矢島香澄という名前も当たっているのだろう。非情で冷酷な裏の仕事人。彼女が伝説の復讐代行屋だったのだ。

「隣の部屋に移動するぞ。東京湾に沈める前に、時間をかけてたっぷりお礼をしてやる」

黒岩が命じると、男たちが香澄を引き立てる。奥にあるドアから隣室へと連れていった。伸びていたふたりの男も仲間に助け起こされて、全員がぞろぞろ移動した。

（お、おい……まずいだろ）

芳郎は恐ろしさのあまり身動きできずにいた。

東京湾に沈めるという言葉が、頭のなかでぐるぐるまわっている。このままだと、あの香澄という女は殺されてしまうのではないか。しかも、その前に酷《ひど》いことをされるに違いなかった。

なにも見なかったことにして逃げ出したい。こんなことに首を突っこむべきではなかった。

今そっとこの場を離れれば、もう二度とかかわらずにすむだろう。いや、友里恵たちに名前を知られているので、いずれはばれるのではないか。黒岩の部下たちがやってきて、東京湾に沈められるのかもしれない。

（クッ……どうせやられるなら）

あんな連中に黙って殺されるのは御免だった。

うだつのあがらない中年男だが、死に方を選ぶ権利くらいある。無駄かもしれないが、最後まで足掻《あが》いて抵抗するつもりだった。

（まずは、彼女をなんとかしないと……）

囚われた香澄を放っておくことはできない。部下を見殺しにして逃げた黒岩とは違う。彼女に二度も救われた借りを返すときが来た。

警察に通報するという選択肢はなかった。

人妻たちを裏切ることになるし、おそらく香澄も捕まってしまうだろう。復讐代行屋は、かなり危険なことをやっているようだ。恩を返すことを考えたら、警察には頼れなかった。

男たちは隣の部屋に移動して、事務所は無人になっている。芳郎は音を立てないように注意しながらドアを開けると、そっと足を踏み入れた。落ちていた角材を拾いあげて、奥にある木製のドアに歩み寄った。

幸いドアはきちんと閉まっておらず、少しだけ隙間ができていた。そこに片目を寄せていった。

(な、なにを……)

心臓をわしづかみにされたようなショックを受けた。

コンクリート打ちっぱなしの無機質な部屋だった。その中央で香澄が天井から吊《つ》られている、グローブを着けたまま手錠をかけられており、そこにチェーンがつながっていた。

チェーンは天井からぶらさがった滑車を通じて、壁に取りつけられたハンドルに伸びている。そのハンドルをまわして高さを調節できるようだ。

香澄はライダーブーツのつま先が、やっと地面に届く高さで吊られている。脚の力を抜けば、手錠が手首に食いこんでしまう。まさに拷問のような状態になっていた。

「いい格好だな、香澄」

黒岩は満足げにうなずきながら、吊られた女の周囲をゆっくりまわった。

十人の部下たちは遠巻きに眺めている。まずはボスである黒岩が、獲物をじっくり嬲《なぶ》るつもりなのだろう。裸電球に照らされた香澄の顔には、憎しみの色が濃く浮かんでいた。

「昨日、おまえを見たときもしやと思ったんだ。黒いバイクに乗る復讐代行屋の女。裏の世界じゃ有名人だからな」

ライダースーツを押しあげている乳房のふくらみに手のひらを重ねていく。ねちっこい手つきで撫《な》でまわし、いきなり指を食いこませた。

「うっ……」

香澄の唇から微《かす》かな声が溢《あふ》れ出す。しかし強気の姿勢を崩すことなく、男の顔をにらみ返した。

「反抗的でいい目だ。それでこそ伝説の復讐代行屋だ」

両手で乳房をわしづかみにすると、慌てることなくゆったりこねまわす。すぐに服を脱がすようなことはせず、時間をかけて楽しむつもりらしい。香澄の悔しがる表情を見つめて、唇の端をいやらしく吊りあげた。

部下の男たちはその様子をにやにやしながら眺めている。ボスの許可がおりれば、屍肉《しにく》に群がるハイエナのように女体にむしゃぶりつくに違いない。誰もが欲望で目をギラつかせて、そのときを今か今かと待ちわびていた。

「おまえのことは調べさせてもらったぞ」

黒岩が薄笑いを浮かべながら語りはじめる。その間も大きくてごつい手で、ライダースーツの上から乳房を揉んでいた。

「幼いころに事故で両親を一度に亡くしたんだってな。親戚をたらい回しにされて邪魔者扱いされた挙げ句、最終的に児童養護施設に辿《たど》り着いた。そんな貧しい生活の影響から、金のためならなんでもやる復讐代行屋になった」

いかにもありそうな話だ。芳郎はドアの隙間から室内を覗きながら妙に納得していた。

(そういう理由があったのか……)

十八歳で児童養護施設を出て、誰も頼る人がいなかったのだろう。最初は生きていくために仕方なくはじめたのかもしれない。

「裏社会ではそれなりに幅を利かせていたが、急に引退して姿を消した。それで今は二十九歳にして隠居生活か。いいご身分だな」

「黙れ……」

「急に引退した理由もわかってるぞ」

「黙れと言っている」

香澄が怒気を孕《はら》んだ声でつぶやき、乳房をまさぐってくる男を眼光鋭くにらみつけた。

「おまえ、柳田組《やなぎだぐみ》に手を出したんだってな」

「それ以上しゃべったら許さない」

「おまえのことだ。黒岩興業が柳田組の傘下にあるというのも知っていて、こうして堂々と喧嘩を売ってきたんだろう」

黒岩の言葉を耳にして、芳郎はドアの陰で激しく動揺した。

柳田組といえば、関東一円を掌握する暴力団だ。絶対にかかわってはいけない危ない連中で、黒岩興業はその傘下にある組織だという。

（やばい……これはやばいぞ）

胸のうちで焦りが生じていた。

詳しいことはわからない。だが、香澄は柳田組と対立しているらしい。予想をはるかに超える危険な状況だった。

「二年前、柳田組は急速に勢力を増してきた半グレ集団、ブラックスコーピオンと対立していた。半グレってのは裏社会のルールを無視するから質《たち》が悪い。いきなり柳田組の頭を狙ってきたんだ」

なにやらきな臭い話になってきた。

これ以上は聞かないほうがいい。そう思いつつ、芳郎はその場から一歩も動くことができずに耳をそばだてていた。

3

二年前、香澄は二十七歳だった。

復讐代行屋として名前が売れてきて、収入もかなりのものになっていた。危険な仕事が増えたが、絶対的な自信があった。

十八歳で児童養護施設を出て、個人経営の小さなリフォーム会社で事務の仕事に就いた。

このときから構想はあった。働きながら格闘技のジムに通い、解錠の技術を学び、女の武器である美貌も磨いてきた。必要と思ったことは貪欲に学び、次々と吸収した。

着々と準備を整えて、いよいよ復讐代行屋の仕事をはじめたのは二十三のときだった。

仕事の依頼はインターネットの掲示板を利用した。とはいっても、直接的に復讐を募集したわけではない。「悩みと愚痴を聞きます」という書きこみに反応した人たちに会い、いけると思った相手に裏の仕事を持ちかけた。

最初は夫の浮気相手の女を懲らしめたいとか、会社の口うるさい上司を蹴落としたいとか、比較的簡単な依頼ばかりだった。ネットへの書きこみや怪文書をまわしたりすることで、ターゲットを追いつめた。

いい仕事をすれば、口コミで依頼が増えていく。少しずつ実績を積み、徐々に依頼金額と仕事内容を吊りあげた。

やがて商品のアイデアを盗んで大躍進をはたしたライバル会社を倒産に追いこみたい、学生時代にいじめられた相手を自己破産させたいなど、際どい仕事が多くなった。

深夜、ターゲットの会社に忍びこんで悪事の証拠を盗み出したり、ときには身体《からだ》を使って相手の弱みを握ったりもした。結果として誰かが不幸になっても気に病むことはなかった。

仕事はどれも完璧にこなした。

失うものがないので、どんな無謀なことにも挑戦できたし、恐怖心もいっさいなかった。危ない橋を渡るスリルを味わうことと、通帳の貯金額が増えていくことに満足していた。

愛情を知らずに育った香澄にとって、信じられるものは瞬間的なスリルと金しかなかった。

しかし、自分の境遇に対しての苛立《いらだ》ちが解消されることはない。香澄の胸にはいつでも大きな穴がぽっかり開いていた。復讐代行屋の仕事をすることが、香澄にとっての復讐でもあった。

カモフラージュのため、リフォーム会社で事務の仕事をつづけていた。

そんなある日、三つ年上の先輩、小林良介《こばやしりょうすけ》から食事に誘われて、その席で突然告白されてしまった。

「香澄ちゃんのことが好きなんだ」

まっすぐ見つめられて心が揺れた。はじめての感情に戸惑い、どうすればいいかわからなくなった。

良介は真面目《まじめ》な営業マンだ。裏の顔がある香澄とは生きる世界が違う。自分のような女とは、かかわらないほうが彼のためだと思った。それでも熱意に押し切られる形で交際がスタートして、香澄は自分の心の奥底にあるなにかが少しずつ変わるのを感じていた。

その一方で復讐代行屋の仕事は順調だった。

裏社会で香澄の名は轟《とどろ》き、貯金額は増える一方だった。しかし、いつしかこれまでにはなかった恐怖を感じるようになっていた。

守るべきものができたせいかもしれなかった。

良介と愛を育むようになり、香澄は確実に弱くなっていた。だが、本人はそのことに気づいていなかった。

二年前のある日、半グレ集団ブラックスコーピオンから依頼を受けた。

クラブの経営者をはじめたところ、そこが柳田組の縄張りでショバ代を要求されたという。半グレがヤクザに従うはずがない。当然ながら突っぱねた結果、襲撃を受けて仲間が何人も病院送りにされた。さすがに柳田組が相手なので慎重になり、復讐代行屋に依頼してきたというわけだ。

関東を取り仕切っている柳田組のトップ、柳田大二郎《だいじろう》の首を取ってほしいという。だが、殺しだけはやらない主義なのでいったんは断った。それならせめて弱みを握りたいと言ってきた。

これを機にブラックスコーピオンは柳田組を弱体化させて、自分たちの勢力を拡大しようと目論《もくろ》んでいたのだ。半グレ集団と暴力団の抗争に発展するやばい雰囲気が漂っていた。だが、組織に属さない香澄には関係のないことだった。

ある夜、香澄は計画を実行に移した。

黒のライダースーツに身を包み、屋根を伝って窓から柳田組の本部に入りこんだ。組長の部屋に侵入すると、磨いてきた技術を駆使して金庫を開けることに成功した。

そこには下部組織から流れてくる上納金の裏帳簿や、政界や財界人とのつながりを示唆する名簿、それにロシア製の拳銃トカレフまであった。

(これは、いいお土産《みやげ》になりそうね)

そう思った直後、部屋の明かりがぱっとついた。

「復讐代行屋、そこまでだ」

開け放たれたドアから入ってきたのは柳田大二郎だった。

でっぷりと肥えた体をダブルのスーツに包んでいる。暴力団の組長だけあって貫禄《かんろく》のある男だった。

柳田につづいて部下の男たちがぞろぞろと二十人近く入ってくる。そのなかに、なぜか良介の姿があった。

「か、香澄ちゃん……」

　顔を殴られており、瞼《まぶた》が腫れあがって唇の端が切れている。両腕を背後にまわしているのは、拘束されているためかもしれない。なぜ恋人がここにいるのか理解できなかった。

「どうして、良介さんが……」

「おまえ、つけられてたんだよ。こいつはあろうことか、この柳田組の本部に忍びこもうとしていたんだ」

　柳田が代わりに答えた。

「素人《しろうと》に尾行されて気づかないとは焼きがまわったな、復讐代行屋」

「どうして……」

「最近、香澄ちゃんの様子がおかしかったから気になって……」

　良介が腫れあがった顔でつぶやいた。口のなかが切れているのか、ひどくしゃべりづらそうだった。

　今回の危険な仕事にかかわることを心のどこかで躊躇していた。その迷いが滲《にじ》み出ていたのかもしれない。良介はそれを感じ取って、香澄のことを心配していたのだろう。

「復讐代行屋ってなに？　香澄ちゃん、その格好はなんなの？」

良介はパニック状態に陥っている。それもそのはず、香澄は彼の前では清楚《せいそ》でおとなしい女を装っていた。

「良介さんを解放して。彼は関係ないでしょ」

「おまえの男なんだから関係あるさ。おかしな気を起こすんじゃねえぞ。こいつがどうなっても構わないなら別だけどな」

柳田に忠告されて、手も足も出なくなってしまう。部下の男が、良介の頭にトカレフを突きつけていた。

「くっ……卑怯だと思わないの」

「こそ泥のような真似《まね》をしているおまえに、そんなことを言われる筋合いはねえな」

柳田は鼻で笑い飛ばすと、部屋の中央に置いてある革張りのソファにどっかり腰かけた。

「良介さんは一般人よ。解放して。わたしはどうなってもいいから」

「こいつを解放したら、おまえが暴れるだろう。並みの男じゃ敵《かな》わねえんだ。悪いが、こいつには人質になってもらう」

香澄のことを警戒している。この様子だと、どんなことがあっても良介を解放することはないだろう。

「彼を傷つけないと約束して。交渉はそれからよ」

「それはおまえの態度しだいだ。そうだな。まずはその色っぽい身体で謝罪してもらおうか」

そのひと言で、なにをやらせようとしているのかピンと来た。香澄は軽蔑をこめた瞳で、薄笑いを浮かべている柳田をにらみつけた。

「本当に最低ね」

吐き捨てるように言うが、状況を打開する手立ては思いつかない。人質を取られている以上、手も足も出なかった。

「まずはこいつに奉仕してもらおうか」

ソファにふんぞり返った柳田が、自分の股間に視線を向けた。

「良介さんを他の部屋に連れていって」

「奴《やつ》が見ている前でやるんだ」

恋人の前で辱めるつもりらしい。相手はヤクザだ。彼らはなにより面子《メンツ》を大切にする。組長の部屋に侵入された以上、それに見合う屈辱を与えるまで決して許さないだろう。

香澄は柳田の前に歩み寄ると、絨毯《じゅうたん》の上にひざまずいた。そしてグローブを取り去り、白くてほっそりした指でスラックスのファスナーをつまんだ。じりじりおろしていくと、青いチェックのトランクスが見えてきた。

「香澄ちゃん、なにしてるんだよ」

良介の声が聞こえてくる。思わず振り返ると、腫れあがった顔を悲痛に歪《ゆが》める恋人の顔があった。

（良介さん、巻きこんでしまってごめんなさい）

悲しくなって目をそらす。彼が見ている前で、他の男に奉仕するなど考えられなかった。

「早くしろ。もたもたしてると、あいつの頭に穴が空くことになるぞ」

柳田にうながされて仕方なくベルトをはずすと、スラックスとトランクスをまとめて引きさげた。

「や……」

まだ柔らかい男根が現れて、香澄は思わず顔をそむけた。

五十代後半のヤクザのペニスは、どす黒く淫水焼けしている。牡《おす》の匂いも強烈に漂ってきて、まだなにもしていないのに頭がクラクラした。

「やっぱり無理……」

思わずつぶやいた直後だった。

「うぐぅッ！」

良介の呻《うめ》く声が聞こえた。はっとして振り返ると、どうやら腹を殴られたらしい。体をくの字に曲げて前屈《まえかが》みになっていた。

「やめて、良介さんには手を出さないで！」

「おまえがとっととやらないからだ」

柳田が平然と言い放つ。この男の言うとおりにしなければ、本当に良介の頭が打ち抜かれてしまうだろう。

「や、やるから……もうひどいことしないで」

「丁寧にやるんだぞ。歯を当てたりしたら、奴の歯を全部へし折るからな」

またしても柳田が命じてくる。従わなければ良介の命が危ない。どんなに屈辱的でもやるしかなかった。

（良介さんの前でなんて……）

いくら助けるためとはいえ、胸が押し潰されそうなほど苦しくなる。

恐るおそる手を伸ばし、陰茎の根元をそっと摘《つ》まんだ。まだ柔らかい肉の感触が気色悪い。それでも表情に出さないように気をつけながら、正座をした状態で男の股間に顔を寄せた。

「うっ……」

ツーンとする刺激臭が鼻を突く。良介のどこか愛嬌《あいきょう》のあるペニスとは、見た目も匂いもまったく違っていた。勃起していないのにゴロリとして、かなりの重量感があった。

「いやな顔をするんじゃない。恋人としているようにやるんだ」

「や、やめるんだ、香澄ちゃん――ぐふぅッ」

良介の声が聞こえる。しかし、また殴られたのか、途中から呻き声に変わってしまった。

「まずは先っぽからだ。俺の目を見ながら舐《な》めるんだぞ」

柳田に言われるまま舌を伸ばし、亀頭をネロリと舐めあげる。その瞬間、背後で見ている良介の口から「ああっ」という絶望の声が漏れた。それと同時に男たちの間から低い笑い声がひろがった。

（くっ……こんなことやらせるなんて）

怒りがこみあげるが、それを顔に出すわけにはいかない。舌を伸ばして、亀頭をゆっくり何度も舐めあげた。

「ううっ、その調子だ」

男の呻き声が聞こえて、男根がピクッと反応する。そのまま亀頭を舐めつづけると、むくむくと大きくふくらんだ。

（やだ……大きい）

予想はしていたが、実際に勃起したペニスの迫力は凄《すさ》まじい。香澄は思わず目を見開いて、まじまじと凝視した。

「どうだ、すごいだろう。奴のと比べてどっちが大きい？」

まるで心を読んだように柳田が語りかけてくる。香澄は目を閉じて小さく首を振った。

「質問に答えろ。どっちがでかいんだ？」

「そ、それは……や、柳田さんのほうが……」

屈辱を押し殺してつぶやくが、柳田は納得してくれない。髪の毛をわしづかみにすると、顔をのぞきこんできた。

「大二郎さんだ」

「だ、大二郎さんのほうが……お、大きいです」

男が欲しているであろう言葉を、屈辱とともに吐き出していく。背後で恋人が見ていることを思うと、このまま消えてしまいたくなった。

「よし、咥《くわ》えろ」

髪の毛を解放されて、香澄は唇を亀頭に近づけた。

触れる瞬間に躊躇するが、彼を救うためだと自分に言い聞かせる。目を強く閉じて、ペニスの先端をぱっくり咥えこんだ。

「目を閉じるな。俺を見たましゃぶるんだ」

またしても柳田の声が聞こえてくる。香澄は亀頭を口に含んだまま、男の顔を見あげていった。

（ああ……あんまりよ）

柳田が勝ち誇ったような目で見おろしてくる。胸の奥に屈辱がひろがるが、やめるわけにはいかなかった。

「ンっ……ンンっ」

ゆっくり顔を押しつけて、長大なペニスを口に含んでいく。唇を密着させると、ごつい肉柱の表面を擦《こす》りあげた。

（やだ、大きすぎて……）

亀頭が喉の奥まで到達している。恐ろしいほど太くて長いペニスだ。息苦しいが、途中でやめるとなにを言われるかわからなかった。

「ンぐっ……」

「おおっ、いいぞ、恋人のチ×ポだと思ってしっかりしゃぶるんだ」

柳田が快楽の呻き声を漏らすのが腹立たしい。それでも香澄は唇で太幹を締めつけて、ごつごつした肉の表面に舌を這わせつづけた。

「よし、今度は首を振るんだ」

「ンふっ……あふンっ」

香澄は言われるまま、首をゆったり振りはじめる。屈辱を押し殺して、憎たらしい男の肉竿を唇で擦りあげた。

「うまいじゃないか、気持ちいいぞ」

「あふっ……はむっ……ンふぅっ」

どんなに屈辱的でもやめるわけにはいかない。香澄はゆっくり首を振り、逞《たくま》しすぎるペニスをねぶりつづけた。

「や、やめろ……やめてくれ……」

良介の弱々しい声が聞こえてくる。目の前で恋人がヤクザのペニスをしゃぶっているのだ。しかも恋人にするように、ねちっこく首を振っている。これほどつらい状況はないだろう。

(良介さんを助けるためなの……仕方ないの)

心のなかでつぶやきながら柳田の男根を唇でしごきまくる。先端から苦みのあるカウパー汁が溢れて、思わず眉間に皺《しわ》が寄った。

「恋人のチ×ポを舐めるときもそんな顔をするのか?」

すかさず柳田が声をかけてくる。香澄は慌てて首を左右に振り、愛《いと》おしいものを舐めているイメージを脳裏に浮かべた。

(ああっ、いやなのに……)

表情に出さないようにするには、好きな人のペニスと思いこむしかない。精神的に追いこまれているせいだろうか。そうやって自分に言い聞かせていると、だんだんおかしな気分になってきた。

カリが異様なほど張り出している。舌を這わせると、その鋭い形がはっきりわかった。こんなもので膣《ちつ》をえぐられたらどうなってしまうのか、考えただけでも恐ろしくて股間がキュウッとなった。

「ようし、もういいぞ」

柳田に声をかけられて股間から顔をあげる。吐き出したペニスは唾液をたっぷり浴びており、ヌメヌメと妖しい光を放っていた。

「じゃあ、その色気のない服を脱いでもらおうか」

新たな命令がくだされる。わかりきっていたことだが、フェラチオだけで満足するはずがない。柳田が命じると、周囲で見ている男たちが前のめりになるのがわかった。

（もう……やるしかないのね）

香澄はその場で立ちあがると、顎を軽くあげてライダースーツのファスナーに指をかけた。男たちの視線を一身に浴びながら、じりじりと引きさげていく。前がはらりと開き、純白のブラジャーが露わになった。

「ほう、外は黒ずくめだが下着はまっ白か」

柳田がからかうように声をかけてくる。周囲の男たちも低い声で唸っていた。

「か、香澄ちゃん、もうやめてくれ……頼むよ」

良介の悲痛な声が胸に突き刺さる。もう彼との関係も終わりだろう。でも、だからといって見捨てることはできなかった。

ファスナーを一番下までさげると平らな腹が見えてきて、さらにブラジャーとセットの純白パンティが露出する。大勢の視線が突き刺さり、香澄は思わず内股になってうつむいた。

「なにをしている。全部脱ぐんだ」

うながされてブーツを脱ぎ、ライダースーツも剝きおろしていった。純白の下着だけになると心細くなってしまう。鎧《よろい》を脱いだような気分になり、途端に弱気が頭をもたげてきた。

「俺はどうなってもいいんだ。だからもう――おぐぅッ！」

良介の呻き声が響き渡る。また殴られたのだ。これ以上、恋人の苦しむ声を聞きたくなかった。

香澄は羞恥に震えながらブラジャーを取り去り、張りのある大きな乳房を剝き出しにする。腰が見事にくびれているため、なおさら双乳のボリュームが強調されていた。先端で揺れている乳首は薄ピンクだ。極度に緊張しているためか、すでにぷっくりふくらんでいた。

(ああ、いや……でも、こうするしか……)

さらにパンティもゆっくりおろしてく。逆三角形に手入れされた陰毛が見えてくると、無意識のうちに内腿《うちもも》をキュッと閉じてガードした。前屈みなって片足ずつ抜き取れば、ついに香澄は生まれたままの姿になった。

「おおっ……」

柳田と部下の男たちが、裸体を眺めまわして低く唸る。日本人離れした抜群のプロポーションを目の当たりにして、全員がゴクリと生唾を飲みこんだ。

「隠すんじゃない。オマ×コを見せてみろ」

柳田に命じられて、香澄は足を肩幅に開いていく。そして悔しげに顔を歪めながら股間をゆっくり迫《せ》り出した。

ついに復讐代行屋の中心部が晒《さら》される。パールピンクの割れ目が露わになると、室内はシーンと静まり返った。荒くれ者たちも黙りこむほど、美しくも妖しい女陰だった。

「よく見えるように自分の手で広げろ」

柳田が目を血走らせながら、さらに屈辱的な命令をくだした。

「くっ……」

一瞬、香澄は男をにらみつけるが、すぐに睫毛《まつげ》をそっと伏せる。そして両手を股間に伸ばして、陰唇を割り開きにかかった。剝き出しになった内側の粘膜はさらに鮮やかな色彩で、男たちの鼻息を荒げさせた。

「は、早くまたがってこい。自分で挿《い》れるんだ」

もう待ちきれないとばかりに柳田が手を引いた。香澄は抵抗できず、ソファに座っている男の股間にまたがった。

（ほ、本当に……良介さんの前で……）

信じられない状況になっていた。

柳田の肩に手をかけて、ソファの座面に両膝をついた状態だ。屹立《きつりつ》したペニスの真上に女陰がある。このまま腰を落とせば、柳田の凶悪な剛棒を受け入れることになるのだ。

「ダメだ、やめるんだ……うぐっッ、や、やめてくれっ」

良介の声が聞こえる。殴られながらも懸命に叫んでいた。

「やれよ」

柳田が声をかけてくる。もう逃げられなかった。

（良介さん、許して……）

ゆっくり腰を落とすと、亀頭と女陰が密着した。途端に熱い肉の感触が伝わり、背筋がゾッと寒くなる。あの巨大な肉塊を受け入れると思うと恐ろしい。香澄は反射的に首を左右に振りたくった。

「む、無理……無理よ」

「無理じゃねえ。全部挿れてみろ」

今この瞬間、柳田の言葉は絶対だ。さらに尻を下降させると、亀頭が陰唇を押し開いて侵入してきた。

「あうッ、お、大きいっ」

まだ先端がほんの少し入っただけだが、かつて経験したことのないすごい圧力だ。香澄は唇を大きく開けて息をしながら、恐るおそる膝を曲げて亀頭をズプリッと受け入れた。

「あううッ、も、もう無理……」

「なにが無理だ。なかはぐっしょり濡《ぬ》れてるじゃないか」

「そ、そんなはず……はううッ」

柳田が軽く腰を動かした瞬間、結合部からグチュッという湿った音が響き渡った。それと同時に、鮮烈な刺激が脳天まで突き抜けた。

(な、なに……この感じ?)

鋭角的に張り出したカリが膣壁にめりこんでいる。柔らかい粘膜をえぐるようにゴリゴリと擦っていた。

女壺が愛蜜で濡れているのは間違いない。剛根をしゃぶったことが影響しているのだろうか。逞しすぎるペニスを舐めただけで身体が危険を察知して、膣を守るために愛蜜を分泌させたのかもしれなかった。

「あっ……あっ……」

一番太いカリが入ってしまえば、あとは自分の体重にまかせてペニスがはまりこんでくる。柳田の男根は恐ろしく長大で、これまで誰も触れたことのない場所まで亀頭が到達していた。

「やっ……あッ、ああッ」

「まだまだ入るぞ」

「はううッ、ふ、深いっ」

すべてを呑みこんだ瞬間、女体がググッと弓なりに仰《の》け反《ぞ》った。亀頭で内臓が押しあげられたような息苦しさを覚えた。これまで感じたことのない衝撃に襲われて、頭のなかで火花が飛び散った。

「奥まで届いてるだろう」

柳田に声をかけられて、香澄はガクガクとうなずいた。

「と、届いてる……あああッ」

いきなり乳房を揉《も》みしだかれると、それだけで全身が燃えあがるような感覚に包まれる。どこもかしこも敏感になっており、ちょっと触れられただけで感じてしまう。乳首を摘まれると膣が猛烈に収縮した。

「ああッ、ダ、ダメっ、触らないでっ」

「そんなこと言っても、おまえのオマ×コはうれしそうに締めつけてるじゃないか」

わざと良介にも聞こえるように言っているのだろう。柳田はいちいち膣の反応を声に出して説明する。そして、指先で乳首をクニクニと転がしてきた。

「あッ……あッ……そ、それ、あああッ」

快感の波が次から次へと押し寄せてくる。香澄はわけがわからなくなり、自ら腰を振りはじめた。

肉柱を根元まで呑みこんだ状態で前後に揺らす。股間を擦りつけるような動きをすることで、女壺のあらゆる場所が同時に刺激される。互いの陰毛が擦れ合って、シャリシャリと乾いた音を響かせた。

「ああッ、ああッ、こ、これ……」

「気持ちいいか。あいつとやるよりいいんだろ？」

「そ、そんなこと……ああぁッ」

口では否定するが、腰の動きがとまらない。女体は快楽を求めており、好きでもない男のペニスで感じていた。

「本当のことを言うんだ。そらッ！」

柳田が真下から股間を突きあげる。ペニスがさらに奥までねじこまれて、亀頭が子宮口を圧迫した。

「ひああッ、い、いいいっ、気持ちいいっ」

反射的に叫んでしまう。膣の奥を刺激されるのがたまらない。身体がバラバラになってしまいそうな危うさと、凄まじい快感が混ざり合い、経験したことのない感覚を生み出していた。

「おおおッ、締まってるぞっ」

柳田の声も切羽つまっている。追いつめられているのは間違いない。香澄のくびれた腰をつかむと、猛烈な勢いで股間を突きあげてきた。

「おおおッ、おおおおおッ」

「あああッ、ひあああッ、は、激し……あああああッ」

頭のなかがまっ白になり、もうなにも考えられない。ふたりはいつしか腰の動きを合わせて、絶頂の急坂を一気に駆けあがった。

「くおおおッ、だ、出すぞっ、出すぞっ」

「あああッ、い、いいっ、あああッ、気持ちいいっ」

剛根がもたらす威力は凄まじい。恋人がいることも忘れて、香澄はよがり泣きを響かせた。

「同時にイクんだっ、おおおおッ、ぬおおおおおおおおッ!」

ついに柳田が膣の最深部でザーメンを放出する。沸騰した粘液を注ぎこまれて、女体が激しく痙攣《けいれん》した。

「はあああッ、熱いッ、ひああああッ、イクイクッ、イックううううッ!」

中出しされた衝撃で、香澄も絶叫しながら昇りつめる。ペニスをグイグイ締めつけて、好きでもない男にしがみついてどす黒いアクメを貪った。

達したのに女体の痙攣が収まらない。かつて経験したことのない深い絶頂感に、身も心もすっかり蕩《とろ》けきっていた。

「香澄……おまえ、最高だよ」

柳田も満足したらしい。香澄の汗ばんだ身体を抱きしめると、いきなり唇を重ねてきた。

「あンっ……はむンンっ」

絶頂直後で抵抗できない。脳髄までトロトロになった状態で、口内を舐めまわされて舌を強く吸いあげられた。

(ああ、いや……キスは……)

頭の片隅でそう思ったときだった。突然、背後で「暴れるなっ」という野太い声が聞こえた。

「うわあああああああぁッ!」

良介の叫び声だ。はっとして振り返ると、鬼の形相で突進してくる良介の姿が見えた。

「香澄ちゃんから離れろぉっ!」

後ろ手に拘束された状態で、無謀にも柳田に一矢報いてやろうと男たちの手を振り払ったのだ。

「野郎っ!」

誰かが怒鳴る声が聞こえて、パンッ、パンッという乾いた音が響き渡った。その直後、良介はうつ伏せにばったり倒れこんだ。見るみる絨毯にまっ赤な染みがひろがった。

「良介さんっ」

瞬時に香澄の意識は覚醒した。

目に映るものすべてが色を失った。ただ良介の下でひろがりつづける鮮血だけは、恐ろしいほどに赤かった。

柳田の股間から飛び退《の》いて立ちあがると同時に、右脚を大きく振りあげる。生まれたままの姿だが、そんなことは関係ない。驚きの表情を浮かべて仰け反った柳田の首筋に、踵《かかと》を思いきり振りおろした。

「セイヤアアアッ！」

「おごおおッ……」

首の骨がグギッといやな音を立てて、柳田の目が反転する。一撃で白目を剝き、口から泡が溢れ出した。

「く、組長っ！」

男たちが慌てた様子で集まってくる。これが暴力団に属する者たちの悲しい性《さが》だ。どんなことがあっても組長を蔑《ないがし》ろにできない。想定外のことが起こり、隙だらけになっていた。

香澄はライダースーツをつかむと、窓から夜の闇に飛び出した。

4

「柳田組長は一命こそ取り留めたが、まともに話すこともできなくなった。その混乱に乗じて半グレ集団ブラックスコーピオンが一気に勢力を拡大した。今じゃ柳田組を上回る勢いだ」

黒岩はそう言いながらライダースーツのファスナーに指をかけた。

「恋人を殺されて復讐代行屋を引退するとは、案外可愛《かわい》いところもあるじゃねえか」

「くッ……」

香澄は思い出したくない過去をほじくり返されて、眉間に深い縦皺を刻んでいる。憎しみでギラつく目で、黒岩のことをにらみつけていた。

（そんな過去が……）

芳郎はドアの隙間から覗きながら、体の震えを抑えられなかった。

超人的な強さを誇る香澄の秘密を垣間《かいま》見《み》た気がする。恋人の前で犯されて、しかも恋人を殺されるという壮絶な過去を抱えていたのだ。だから、彼女は何事にも動じないのかもしれなかった。

（それにしても……）

まずいことに足を突っこんでしまった気がする。

暴力団や半グレ集団など、これまで自分にはまったく関係のないことだと思っていた。それが今やこれほど身近なものになってしまった。この黒岩興業の事務所も柳田組の息がかかっているのだ。

「絶対に許さない」

吊られている香澄がつぶやいた。

抑揚のない小さな声だが、目つきが刃物のように鋭くなっている。見つめられただけで切り裂かれそうな雰囲気があった。

「おいおい、勘違いするなよ。黒岩興業は柳田組の傘下ってだけで、俺たちがおまえの恋人を殺したわけじゃないからな」

「仲間なら同じことよ」

吊られている香澄が憎々しげに吐き捨てた。

「フッ……まあ、柳田組の看板があって商売できてるのは事実だな」

黒岩は鼻で笑うと、ライダースーツのファスナーをゆっくりさげていく。前が開き、黒いブラジャーに包まれた乳房が露出した。

「おおっ、見えてきたぞ」

一気に室温が上昇して、異様な空気が濃厚になった。

ここに集まっているのは女を嬲ることで興奮する連中だ。黒岩が楽しげに唸ると、部下たちは下劣な笑い声を漏らした。

「好きにすればいいわ」

香澄はいっさい抵抗しなかった。

彼女ほどの腕があれば、なにか反撃の手立てはあるのではないか。つま先立ちとはいえ、黒岩の股間を蹴りあげることくらいできるだろう。しかし、香澄はされるがままになっていた。

ライダースーツのファスナーを一番下までおろされて、うっすら腹筋が浮いた白くてなめらかな腹部と縦長の綺麗《きれい》な臍《へそ》が見えている。黒いパンティも露わになっており、なんともそそる光景だった。

「いい格好だな」

黒岩が大きな手のひらで香澄の腹を撫でまわす。ねちっこい手つきで愛撫《あいぶ》して、嫌悪に歪んだ香澄の表情を楽しんでいた。

「伝説の復讐代行屋も、この状態じゃ手も足も出ないか。おまえをやったとなれば箔がつく。これで黒岩興業も安泰だ」

さらにブラジャーの上から乳房をわしづかみにする。カップの上から露出している柔肉に指をめりこませて、ゆったりと揉みしだきにかかった。

「ンっ……」

香澄の唇から微かな声が漏れる。その直後、反応してしまったことを恥じるように唇をぴったり閉じた。

「我慢する必要ないぞ。どうせこのあと、柳田組長にやられたときみたいに犯されるんだからよ」

黒岩は片手で乳房をゆったり揉み、もう片方の手を彼女の下半身に伸ばしていく。ライダースーツのなかに滑りこませて、パンティの上から股間を刺激しはじめた。

「ほら、ここはどうだ？」

「はンっ……ンンっ」

布地越しに恥裂を撫でられているのだろう。香澄の吊られた女体がピクピク揺れる。悔しげに下唇を噛みしめるが、やはり抵抗はしなかった。

「湿ってきたぞ。感じてきたんだな」

男の太い指が膣口を刺激しているに違いない。彼女の腰が微かに揺れて、顔がうっすら桜色に染まってきた。

「あンンっ……や、やめ……」

香澄はこらえきれないといった感じで、首を左右に振りたくる。形のいい眉が八の字に歪み、いつしか瞳もしっとり潤んでいた。

(ウ、ウソだ、こんなの……)

芳郎は思わず奥歯をギリッと噛んだ。

本当に感じているのだろうか。こんな下劣な男に嬲られて、伝説の復讐代行屋が屈服するとは思えない。彼女の強さを知っているだけに、目の前の光景が信じられなかった。

「ううむっ、いやらしい牝《めす》の匂いがするぞ」

彼女の股間から手を抜くと、黒岩は自分の指先を鼻に近づけてクンクン嗅いで見せた。

香澄は嫌悪に顔を歪めるだけでなにも言わない。反撃する様子は皆無で、ただ男の顔をにらみつけるだけだった。

「素っ裸に剝く前に、まずは……」

黒岩がスラックスとトランクスを膝までおろして、すでに勃起しているペニスを露出させた。

女体をまさぐったことで興奮したのだろう。黒い肉柱は臍につきそうなほど反り返り、膨張した亀頭は我慢汁で濡れ光っている。ドアの外で見ている芳郎のところまで、牡の匂いが漂ってきそうだった。

「香澄をひざまずかせろ」

黒岩が命じて、男のひとりが壁のハンドルをまわしはじめる。香澄を吊っていたチェーンが少しずつ緩み、女体がゆっくりさがってきた。

手錠ははまったままだが、引き伸ばされていた身体が多少は自由になったはずだ。それなのに香澄は反撃せず、黒岩に言われるままコンクリートの床にひざまずいた。

香澄は膝立ちになり、両腕を頭上に伸ばしている。目の前にはペニスを剝き出しにした黒岩が迫っていた。

（どうして戦わないんだ）

芳郎にはどうしても理解できなかった。

相手が十人では勝ち目がないと諦めているのだろうか。だからといって、屈辱的なことをされて言いなりになっている理由がわからなかった。

（人質を取られているわけでもないのに……）

そう思った直後、香澄の過去の話が脳裏に浮かんだ。

彼女の謎の行動には、亡くなった恋人が深く関与している気がした。天涯孤独な香澄にとって、彼が大きな存在だったのは間違いなかった。

――このへんでやめておくことね。素人が安い正義感を出して首を突っこむと、命を落とすことになるわよ。

昨夜、香澄に言われた言葉を思い出す。

無謀な芳郎に、殺された恋人の姿を重ねたのかもしれない。

復讐代行屋などやっていなければ、恋人が死ぬことはなかったのだ。罪悪感に苛《さいな》まれて、もう引退しようと心に決めたのではないか。そして今、自分の過去の行いを悔い、その罰を受け入れているのではないか。彼女を見ていると、そんな気がしてならなかった。

（だからって、あんな連中に……）

黒岩は香澄を犯してから殺すつもりだ。東京湾に沈めると言っていたのは、ただの脅しではないだろう。

室内に視線を向けると、香澄の唇に醜悪なペニスが迫っている。屈辱的な行為を命じられているのに、彼女はまったく抵抗しなかった。

「くっ……」

無意識のうちに力が入り、手のひらに角材が食いこんだ。

武器を手にしていたことを思い出して、心の奥底に秘めていたなにかに火がついた。

(俺だって……)

妻を亡くしたことで生きる気力を失った。

芳郎が同僚たちと酒を飲んで風俗店に行っている間に、持病があった妻は自宅で倒れて命を落とした。深い悲しみを抱えて生きてきたが、ここ数日の出来事で気力を取り戻しつつあった。

(どうせ死んだも同然だったんだ)

決意を胸に角材を強く握りしめた。

香澄のおかげで生き返った。それならば、香澄を助けるために命を落としても惜しくはない。受けた恩は返さなければ気がすまなかった。

「おらっ、口を開けるんだ」

黒岩が香澄の髪をつかんで、鼻先にペニスを突きつけた。

部下の男たちは、決定的瞬間を見逃すまいと前のめりになっている。しかも香澄を拘束したことで安心して、武器を手にしている者はいなかった。誰もが完全に気を抜いていた。

(俺はやれる……やってやる)

芳郎はドアレバーに手をかけると、心のなかで言い聞かせる。そして、ついにドアを勢いよく開け放った。

「うおおおおおッ！」

自分を奮い立たせるために叫び、角材を振りあげて突進する。突然のことに誰も対処できない。黒岩がこちらを向いて目を見開くのと、ひざまずいていた香澄が顔をあげるのは同時だった。

「おりゃああッ！」

黒岩の頭に向かって角材を振りおろす。ガツッという確かな手応えがあり、男の巨体がどっと崩れ落ちた。

（や、やった……）

だが、まだこれで終わったわけではない。部下の男たちが我に返る前に、角材をメチャクチャに振りまわした。

「うわああああッ！」

端《はな》から勝てるとは思っていない。とにかく、ひとりでも多く道連れにしてやるつもりで暴れまくった。

「や、やばいぞ——ぐはッ！」

「コイツ——うがぁッ！」

「誰かとめろ——おごぉッ！」

何人かの頭を角材で横殴りにして、さらに大声を張りあげて向かっていく。喧嘩慣れした連中でも不意打ちには弱いらしい。次々と男が昏倒《こんとう》していくが、それも長くはつづかなかった。

「ぶっ殺してやる」

残っている男たちが距離を取り、芳郎を取り囲んだ。

「おらぁッ！」

背後から背中を蹴られて前のめりに転倒する。あとはいっせいに男たちが襲いかかり、全身を踏みつけられた。頭を蹴られて火花が飛び散る。腰や太腿に踵を振りおろされて、激しい痛みがひろがった。

（ううッ……これまでか……）

もはや反撃もできず、ただ背中を丸めていた。仲間をやられた男たちの殺気は凄まじい。死さえ覚悟して、芳郎はそっと目を閉じた。

「うぎゃあああッ！」

そのとき、凄まじい悲鳴が響き渡った。

男たちの攻撃がとまり、芳郎も思わず顔をあげる。すると、黒岩が両手で股間を押さえてのた打ちまわっていた。

（……え？）

一瞬、頭を蹴られすぎて幻覚を見たのかと思った。

黒岩の前には香澄が立っている。股間に膝蹴りでも喰《く》らわせたのか、冷酷な瞳で苦しむ男を見おろしていた。

「おしゃべりがすぎたようね」

「つ……潰れた」

黒岩は苦しげにつぶやくと、白目を剝いて黙りこんだ。どうやら失神したらしい。スラックスの股間周辺がぐっしょり濡れていた。

「こんなもの、いつでもはずせたのよ」

香澄がぽつりとつぶやき、手錠を床に落とした。

そして右手の指先で摘まんでいた金属製のピンを、左手のグローブの縫い目に押しこんだ。いざというときのために手段を講じていたらしい。従順なふりをして反撃のチャンスをうかがっていたのだろう。

「ボスはお休み中だけど、あなたたちはどうするの？」

香澄はライダースーツのファスナーをあげると、呆気《あっけ》に取られている男たちを見まわした。

「や……やっちまえっ！」

誰かの声を合図に残っていた七人の男が襲いかかる。しかし動揺が激しく陣形がなっていない。ひとり目は肝臓への三日月蹴りで、ふたり目は顎への飛び膝蹴りで瞬く間に戦意を喪失した。

「クソォッ！」

三人目の男は一歩踏み出した途端、懐に入りこまれてカウンターの肘打ちを顔面に喰らった。鼻骨の折れるグシャッという音が響き渡り、男は一瞬で血まみれになって倒れこんだ。

残された四人が躊躇して固まった。

香澄の強さを目の当たりにして恐怖が芽生えているのだろう。ボスを失ったことで指示を出す者がいないのだ。結局なんの策もないまま、四人がいっせいに襲いかかってきた。

「セイッ！」

香澄が裂帛《れっぱく》の気合いとともに素早い前蹴りを放っていく。正面から向かってきた男の鳩尾《みぞおち》に、ライダーブーツのつま先が突き刺さる。途端に男は胃液を吐いてひざまずいた。

「ハアッ！」

次の男は硬い踵をこめかみにぶち当てる後ろ回し蹴り、さらに次の男は膝関節を真正面から蹴られて転倒した。

「ぐあッ、お、折れたっ！」

「うるさい」

香澄はどこまでも冷静だった。大騒ぎする男の顎を蹴り飛ばし、意識を奪って黙らせた。

「この野郎ぉッ！」

最後のひとりは突進の威力を利用した巴投《ともえな》げであっさり飛ばされる。受け身を上手《うま》く取れず、頭を打ってあっさり気絶した。

すべては一瞬の出来事だった。

もう怒声は聞こえない。男たちの苦しげな呻き声だけが、コンクリート打ちっぱなしの部屋に響いていた。

「やっぱり……すげえな」

芳郎はごろりと仰向けになった。

自然と笑いがこみあげてくる。ひとりで気張って飛びこんできたのが馬鹿らしくなってきた。よけいなことをしなくても、おそらく彼女は自力で逃げ出すことができただろう。

香澄は倒れている芳郎をチラリと見やり、黙って部屋から出ていった。もうこれで二度と会うことはないだろう。

「無駄骨ってやつか……は、ははは」

笑うと切れた口のなかが痛んだ。

しばらくすると、なぜか香澄が戻ってきた。そして、仰向けになっている芳郎の横にどこから調達したのかガムテープを置いた。

「無駄骨じゃないわよ。手伝って」

「……え？」

「こいつらの手足をガムテープで拘束するの。それくらいなら素人のあなたでもできるでしょ」

そう語りかけてくる香澄の口もとに、微かな笑みが浮かんだ。

「お……おう」

芳郎は痛む体に気合いを入れて起きると、男たちの手足をガムテープでぐるぐる巻きにしていった。

隣の部屋に行ってみると、香澄が金庫を開けてなかを物色していた。

「いろいろあるわよ」

そこには詐欺で集めたと思われる札束の山と、騙《だま》された人たちの名簿など犯罪の証拠も多数あった。借金を背負ったことで、受け子や出し子をやらされている人妻たちのリストも発見した。

「これはあなたが処分して」

「ああ……」

芳郎はリストを受け取ると、ジーパンのポケットにねじこんだ。

香澄が事務所の電話を使って、警察に匿名の電話を入れた。大勢の男たちが倒れていること、金庫に怪しい大金と名簿があることを密告した。

これで黒岩興業はお終《しま》いだ。

友里恵たちのリストは芳郎が持っている。黒岩たちは逮捕されるだろうが、受け子や出し子のことはいっさい語らないだろう。身内である街金融に捜査が及ぶことは、まず口にしないはずだ。

街金融に電話をしてリストの存在をチラつかせれば、人妻たちにかかわることはなくなるだろう。ようやく友里恵たちも解放されるのだ。

（これで、やっと……）

芳郎はほっと胸を撫でおろした。

はじまりは勘違いだった。とはいえ、三人の人妻に助けを求められて気になっていた。なんとかしてあげたいと思っていたが、これでようやく肩の荷がおりた気分だった。

（そういえば……）

芳郎は受話器を置いた香澄の横顔をチラリと見た。

彼女は恋人を柳田組に殺されて、罪悪感と自己嫌悪にまみれて復讐代行屋を引退していた。これで多少は溜飲《りゅういん》が下がったのだろうか。

「なに?」

香澄が涼しげな眼差《まなざ》しで見つめてきた。

「いや……恋人の復讐はできたのか?」

躊躇したのは一瞬だけだった。彼女のことだから、芳郎がずっと覗いていたことも気づいているだろう。

「フッ……はっきり聞くのね」

香澄は呆《あき》れたようにつぶやいたが、気を悪くした様子はなかった。

「黒岩の事務所を潰したところで、大元を叩かなければどうにもならないわ」

彼女の言う大元とは柳田組のことだろう。

半グレ集団に押されて以前ほどの勢いはないとはいえ、柳田組が関東を取り仕切っている暴力団であることに変わりはない。彼女の戦いはまだ終わっていないのだろう。

「逃げるわよ」

香澄はそう言うと、自分のヘルメットをかぶった。そして部屋の隅に置いてあったヘルメットを勝手に持ってきた。

「……は？」

おそらく連中のものだろう。ヘルメットを差し出されて、わけがわからないまま受け取った。

「すぐに警察が来るわ。あなたが捕まったらわたしも迷惑なのよ。いっしょに来て」

「あんたのカワサキで？」

表に停《と》めてあった彼女の黒いオートバイを思い出す。黒馬を想起させる大きな鉄の塊だった。

「そうよ、タンデムしたことは？」

「ない……」

「じゃあ、これが初体験ね」

香澄はそう言って見つめてくると、ふっと笑ってウインクした。

エピローグ

芳郎と香澄は砂浜に腰をおろして夜の海を眺めていた。

静かだった。寄せては返す波の音だけが規則正しく響いていた。穏やかな海には月が映りこんでいた。

バイクの後ろに乗り、どれくらいの時間、彼女の細い腰にしがみついていたのだろう。いつの間にか三浦《みうら》海岸のとある砂浜についていた。どこに向かうのか聞いていなかったが、それにしても海とは意外だった。

そこは周囲を岩で囲まれており、道路からは陰になっている場所だった。街路灯の光も届かず、青白い月明かりだけがあたりを照らしている。まるでプライベートビーチのようだった。

「秘密の場所なの。いつか彼と来るつもりだったんだけど……」

バイクを降りたとき、香澄がぽつりとつぶやいた。

恋人を失ってから来ていなかったという。そんな大切な場所に芳郎を連れてきたのはなぜだろう。黒岩興業の件が片づいたことで、なにか心境の変化があったのかもしれない。

砂浜におりていく彼女につづいて、芳郎も無言で後をついていった。

そして今、ふたりは並んで腰をおろしている。隣にいるのが、あの伝説の復讐代行屋だと思うと不思議な気分だった。

「あんた、死ぬつもりだったんじゃ……」

海を眺めていて、ふと湧きあがった疑問を口にした。

黒岩に嬲《なぶ》られている間、香澄はいっさい抵抗しなかった。あのまま東京湾に沈められてもいいと思っていたのではないか。

「そんなわけないでしょ」

香澄はあっさり笑い飛ばした。

愚問だったかもしれない。実際、彼女は自力で手錠をはずしたのだ。芳郎が踏みこまなくても、隙を見て反撃したに違いなかった。

（でも……）

あのときの彼女は気力を失っていたのではないか。

自分がそうだったからよくわかる。生きていく意味が見出《みいだ》せず、まるで屍《しかばね》のような状態だった。

「そんなことより、もっと聞きたいことがあるんじゃない。今ならなんでも答えてあげる」

香澄が海を見つめたままつぶやいた。

ここ数日の間にいろいろなことが起こった。疑問ばかりで、なにから聞けばいいのかわからないほどだった。

「どうして俺はあんたに間違われたんだ？」

もとを辿《たど》れば、友里恵が訪ねてきたのがはじまりだ。なぜ芳郎のことを復讐代行屋だと思いこんでいたのだろう。

「あなたが住んでいる部屋、みどり荘の一〇一号室は、以前わたしが仕事の連絡場所に使っていたの。その噂《うわさ》を聞いて訪ねてきたのね」

香澄は別の場所に住んでいたが、仕事用にあの部屋を借りていたという。依頼者との打ち合わせなどに使っていたらしい。

「引退して一年前に引き払ったんだけど、もしかしたら依頼者が来るかもしれないから盗聴器をしかけておいたの。いろいろ危ない仕事もしてきたから、その後処理だけはやろうと思って」

「えっ、じゃあ全部……」

あの部屋で友里恵とセックスしていた。それを聞かれていたと思うと、さすがにばつが悪かった。

「悪いわね。聞かせてもらったわ」

「それなら俺が路地裏で殴られてたとき、どうしてあそこに現れたんだ？」

話をごまかそうと思って、次の質問を投げかけた。

「電話で伝えられた住所を雑誌の表紙にメモしたでしょう。あの雑誌を拝借したの」

そういえばカップラーメンの蓋を押さえようと思ったら、なぜか雑誌が見つからなかった。

「俺の部屋に来たのか？」

「そうよ」

香澄はあっさり認めた。芳郎の部屋にあがりこんで、あの雑誌を勝手に持っていったのだ。

「筆跡が二枚目に残っていたから、現金の受け渡し現場を張りこんで、あとはあなたを尾行したの。手を貸すつもりはなかったんだけど、わたしに間違われたせいで殺されたりしたら悪いと思って」

「じゃあ、二度目は？　あのとき俺は会社の駐車場で電話を受けたんだ。盗聴はできなかったはずだぞ」

「安全靴の踵《かかと》にGPS発信器をしかけさせてもらったわ。あなた、無謀そうだったから」

そこまで監視されていたとは驚きだ。芳郎はもうなにも言う気が起きなくなってしまった。

香澄も黙りこみ、ふたりはしばらく夜の海を眺めつづけた。

「なんか放っておけなかったのよね」

沈黙を破ったのは香澄だった。

「はじめて会ったとき、路地裏でわたしのことを助けようとしたでしょう。殴られてボロボロだったのに」

ライダースーツの女とはじめて遭遇したときだ。彼女が危ないと思って、男の足にしがみついた。もっとも香澄の強さを知っていたら、助ける必要などなかったのだが……。

「あのとき、ちょっと感動したわ」

ふいに香澄が見つめてくる。至近距離から熱い視線を感じて、芳郎も思わず見つめ返した。

「そりゃあ、男なら誰でも助けようとするだろ。あんなところに女が来たら危ないからな」

「バカね。弱いくせに」

香澄はさも楽しげに笑った。

「なっ――」

いくら強くても、香澄はひとまわりも年下の女だ。思わず言い返そうとした瞬間、柔らかい唇が重なってきた。

「うむっ」

口を塞がれたまま押し倒される。芳郎は砂浜で仰向《あおむ》けになり、香澄は添い寝した状態でキスしていた。

「な、なにを……」

「あンっ、抵抗しないで……はンンっ」

舌がヌルリと入りこんでくる。両手で頬をしっかり挟まれて、わけがわからないままディープキスに発展していた。

柔らかい舌が口のなかを這《は》いまわる。粘膜をねっとり舐《な》められると頭の芯が痺《しび》れはじめた。無意識のうちに舌を伸ばせば、やさしく吸いあげてくれる。さらには舌を擦《こす》りつけて、とろみのある唾液を口移ししてきた。

「んんっ……」

条件反射的に嚥下《えんげ》すると、さらに気分が高揚する。早くもジーパンのなかで男根がむずむずふくらみはじめた。

「あふンっ」

香澄の甘い吐息と唾液が口内に流れこんでくる。舌を絡ませるほどに体が熱くなり、疲れているのにペニスが硬度を増していった。

「うっ……」

ディープキスをした状態で、ジーパンの股間に彼女の手が重なってくる。すでに芯を通した男根を、硬い布地の上からそっと撫《な》でられた。

「ううっ……どうして、俺なんかと……」

唇が離れた瞬間、頭のなかをぐるぐるまわっていた疑問を口にする。

彼女が自分のような中年男を相手にする理由がわからない。なにしろ香澄はクールビューティと呼ばれるに相応《ふさわ》しい美貌の持ち主だ。女なら誰もが羨み、男なら誰もが抱きたいと願うだろう。そんな絶世の美女が自分のことを気に入るはずがなかった。

「暴れたあとはどうしても昂《たかぶ》るの……つき合ってくれるでしょう？」

香澄はジーパンのボタンをはずして、ファスナーをジジッと引きさげながら語りかけてきた。

黒岩興業での格闘の余韻が、まだ身体に残っているらしい。アドレナリンを大量に放出することで、普通とは異なる興奮状態になるのだろう。しかも、かなり大がかりな乱闘だった。

「それに……あなた、自分で思っているよりずっといい男よ」

香澄が唇の端に微《かす》かな笑みを浮かべた。月光で照らされた彼女の顔は、はっとするほど美しかった。

ジーパンとボクサーブリーフがずりおろされて、勃起したペニスが剝《む》き出しになる。すでに我慢汁が溢《あふ》れており、張りつめた亀頭が夜空に向かって伸びあがっていた。

「あぁっ、素敵よ」

ほっそりとした指を太幹に巻きつけてくる。そして下半身に移動すると、躊躇《ちゅうちょ》することなくペニスに唇をかぶせてきた。

「あンンっ」

「くおッ、ま、まさか……」

屋外でのフェラチオだ。岩に囲まれた場所とはいえ、彼女の大胆な行動に驚かされる。肉胴に唇を密着させて、ゆったりと首を振ってきた。

「ンっ……ンっ……」

「ううッ……き、気持ちいい」

思わず声を漏らしてしまう。月の下で愛撫《あいぶ》される開放感のせいか、快感曲線が一気に跳ねあがった。

香澄は両手を太腿《ふともも》の付け根に置き、唇だけでペニスを刺激している。ヌルヌルと滑る感触が心地《ここち》よくて、早くも腰が小刻みに震え出す。我慢汁もとまらなくなり、次から次へと大量に溢れていた。

「はンンっ……もう準備はできてるみたいね」

香澄はブーツを脱ぐと、裸足《はだし》で砂浜に立ちあがった。そして月をバックにライダースーツを脱ぎはじめる。ファスナーをおろして腕を抜くと、ゆっくり引きさげて足から抜き取った。

背後から月明かりを受けているため、香澄の姿はシルエットになっている。両腕を背中にまわしてブラジャーをはずし、パンティをじりじりおろして、ついに一糸纏《まと》わぬ姿になった。

手足がすらりと長いため、立っているだけで様になる。乳房は張りがあってたっぷりしており、腰は折れそうなほど細く、うっすらと脂が乗った尻はツンと上向きだ。

ダイナミックなボディには、女性らしいまろやかさと野獣のような獰猛《どうもう》さが同居していた。

潮風が緩やかに吹きつけて、ストレートロングの黒髪がサラサラと音もなく靡《なび》いている。月光のなかに女体が浮かびあがる様子は、まるで映画のなかのワンシーンのようだった。

芳郎は幻想的な光景に見惚《みと》れていた。夢なのか現実なのかわからないほど圧倒されて、もはやひと言もしゃべることができなかった。

香澄が芳郎の股間をまたいで、ゆっくりしゃがみこんでくる。砂浜に両膝をつき、片手で屹立《きつりつ》したペニスをつかんで女陰に誘導した。

「ンっ……」

亀頭が柔らかい部分に触れた瞬間、彼女の唇から微かな声が溢れ出た。

そのままゆっくり腰を落として、亀頭がヌプリと埋没する。途端に無数の膣襞《ちつひだ》が絡みつき、瞬く間に深い場所まで引きこまれた。

「ううッ……す、すごい」

芳郎が思わず唸《うな》ると、彼女は微かに「フフッ」と笑った。

「あなたもすごいわよ……あンっ、奥まで届いてる」

香澄は男根をすべて呑《の》みこみ、腰をゆったり振りはじめた。下腹部をうねらせて、股間を擦りつけるような動きだった。

「ああンっ、素敵よ、男らしいのね」

「こ、こんなことが……」

伝説の復讐代行屋が騎乗位で腰を振っている。己のペニスを受け入れて、まるで味わうように媚肉《びにく》で締めつけていた。

「あンっ……ああンっ」

彼女の甘ったるい声が、月明かりに照らされた砂浜に響いている。見あげれば猫のようにしなやかな女体がくねっていた。ヤクザを叩《たた》きのめす暴れっぷりからは想像できない、しなやかな動きに魅了された。

「ああっ、いいわ」

「くッ……そ、そんなに締めるな」

思わず両手を伸ばして、目の前で弾む乳房を揉《も》みあげる。指が柔肉に沈みこむと、なおさらペニスの感覚が鋭くなった。

「ううッ」

「まだよ……もう少しがんばって」

香澄はそう言いながら腰を振りつづける。ゆったりした動きなのに、送りこまれてくる快感は凄《すさ》まじい。濡《ぬ》れた膣襞がざわめき、ペニスを四方八方から撫《な》であげてきた。

「あ、あんた……最高だよ」

こみあげてくる射精欲に耐えながらつぶやくと、香澄が腰の動きを微かに緩めて囁いた。

「こういうときは、名前で呼ぶものよ」

どこか甘えるような響きに、復讐代行屋も女だということを実感する。芳郎は乳房を揉みながら口を開いた。

「か……すみ」

遠慮がちに名前で呼んでみる。すると香澄は腰の動きを加速させた。

「ううッ……き、気持ちいいっ」

「ああンっ、今回だけよ。こんなことするのは」

香澄はそう言うが、次がないことくらいわかっている。この刹那的な交わりが終われば、彼女は二度と芳郎の前に現れないだろう。

「あンっ……はあンっ」

喘《あえ》ぎ声が大きくなる。香澄は艶《なま》めかしく腰をくねらせて快楽を貪り、大量の愛蜜を垂れ流していた。

「くううッ、も、もう……」

夢のような快楽だった。これ以上つづけられたら暴発してしまう。あっという間に追いこまれて、芳郎は無意識のうちに股間を突きあげた。

「あうンンッ」

亀頭が子宮口に到達したのだろう。香澄の女体が仰《の》け反《ぞ》り、黒髪が勢いよく宙に舞いあがった。

「ああッ、イクのね……あああッ、わたしも……」

彼女の甘く囁《ささや》く声が引き金となる。芳郎はブリッジするように股間を突きあげて、ついに欲望を爆発させた。

「くううッ、か、香澄っ、くおおおおおッ！」

月に向かって吠《ほ》えながら、大量のザーメンを女壺の奥に注ぎこんだ。

「はあああッ、いいっ、いいわっ、あああッ、イックううッ！」

香澄も裸体を大きく反らして、瞬く間に絶頂の階段を駆けあがった。ペニスを思いきり締めつけると、パーフェクトな女体を激しく痙攣《けいれん》させた。

快感の爆発が連続して起こり、精液は何回にもわけて噴きあがった。魂まで蒸発するような愉悦のなか、芳郎はひたすら吠えつづけた。香澄もペニスを締めつけて、すべてを受けとめてくれる。熱い媚肉を震わせながら、何度も達しているのは間違いなかった。

そして、ついには睾丸《こうがん》のなかが空っぽになって力つきた。香澄も脱力して胸板に倒れこんできた。

ふたりはしばらく口を聞かなかった。

無言で抱き合い、どちらからともなく口づけを交わした。そして、別れを惜しむように、互いの唾液を何度も何度も味わった。

香澄がライダースーツを身に着けていくのを、芳郎は仰向けになったまま黙って眺めていた。

もちろん裸体は息を呑むほど美しかったが、やはり彼女には無骨な黒いライダースーツが似合っている。やがて全身が覆い隠されてしまうと、香澄はクールな裏の仕事人の顔になった。しかし、あのしなやかな肢体を知っていることが誇らしく思えた。

「あの百万円、あんたに渡すよ」

人妻たちが工面した金はまだ手もとにあった。

「いらないわ。あなたがもらってもいいんじゃない。それだけのことをしたんだから」

香澄はさらりと言って、潮風になびく髪を掻《か》きあげた。

「俺は、なにも……」

「これからの人生、やり直すきっかけにしてみたら。彼女たちもそのほうが喜ぶんじゃないかしら」

確かにそうかもしれない。

妻を亡くした悲しみが消えることはないが、生きる気力は湧いていた。

あのボロアパートを引き払って、新しい生活をはじめるつもりだ。また復讐代行屋と間違われたらたまらない。だが、そのためにはある程度まとまった金が必要だった。

「送っていくわ」

「いや……ひとりで帰るよ」

タンデムは魅力だったが、別れるのがつらくなる。明るくなるまでここにいて、近くの駅まで歩くつもりだった。

「そう……さようなら」

香澄は微かに微笑《ほほえ》み背を向けた。

月明かりが艶やかな黒髪を照らしている。芳郎は彼女の背中を見つめて、ありがとうと心のなかでつぶやいた。

本書は書き下ろしです。

実業之日本社文庫　最新刊

赤川次郎
綱わたりの花嫁
結婚式から花嫁が誘拐された。しかし、攫われたのは花嫁のふりをしていたアルバイトだった!? シリーズ第30弾、長編ユーモアミステリー（解説・青木千恵）
あ1 17

草凪 優
黒闇
最底辺でもがき、苦しみ、前へ進み、堕ちていく不器用な男と女。官能小説界のトップランナーが、人間の性と生を描く、暗黒の恋愛小説。草凪優の最高傑作！
く6 6

周木 律
土葬症　ザ・グレイヴ
探検部の七人は、廃病院で肝試しをすることに。そこには死んだ部員の名前と不気味な言葉が書かれた卒塔婆が立っていた……。恐怖のホラーミステリー！
し2 3

鳴海 章
情夜　浅草機動捜査隊
どうしてお前がここに——新人警官・粟野が再会したかつての親友は殺人事件を起こしていた。覚醒剤がらみの事件は次々と死を呼び……人気シリーズ第10弾！
な2 11

西村京太郎
十津川警部捜査行　車窓に流れる殺意の風景
女占い師が特急列車事故が起きると恐ろしい予言をした。十津川警部が占い師の周辺を調べると怪しい人物が…傑作トラベル・ミステリー集。（解説・山前 譲）
に1 20

葉月奏太
いけない人妻　復讐代行屋・矢島香澄
色っぽい人妻から、復讐代行の依頼が舞い込んだ。彼女は半グレ集団により、特殊詐欺の手伝いをさせられていたのだ。著者渾身のセクシー×サスペンス！
は6 7

春口裕子
悪母
岸谷奈江と一人娘の真央の身に起きる悪意に満ちた出来事は一通のメールから始まった。ママ友の逆襲が止まらない……衝撃のサスペンス！（解説・藤田香織）
は1 2

南 英男
首謀者　捜査魂
歌舞伎町の風俗嬢たちに慕われた社長が殺された。新宿署刑事・生方が周辺で頻発する凶悪事件との関連を探ると意外な黒幕が!? 灼熱のハード・サスペンス！
み7 12

実業之日本社文庫　好評既刊

草凪優
堕落男《だらくもの》
不幸のどん底で男は、惚れた女たちに会いに行く――。堕落男が追い求める本物の恋。超人気官能作家が描くセンチメンタル・エロス！（解説・池上冬樹）
く61

草凪優
悪い女
「セックスは最高だが、性格は最低」。不倫、略奪愛、修羅場を愛する女は、やがてトラブルに巻き込まれて――。究極の愛、セックスとは!?（解説・池上冬樹）
く62

草凪優
愚妻
専業主夫とデザイン会社社長の妻。幸せな新婚生活のはずが…。浮気現場の目撃、復讐、壮絶な過去、ひりひりする修羅場の連続。迎える衝撃の結末とは!?
く63

草凪優
欲望狂い咲きストリート
寂れたシャッター商店街が、やくざのたくらみによりピンサロ通りに変わった…。欲と色におぼれる不器用な男と女。センチメンタル人情官能！　著者新境地!!
く64

草凪優
地獄のセックスギャング
悪党どもは地獄へ堕とす！　金を奪って女と逃げろ!! ハイヒールで玉を潰す女性刑事、バスジャックを仕掛ける極道が暗躍。一気読みセックス・バイオレンス！
く65

沢里裕二
処女刑事　歌舞伎町淫脈
純情美人刑事が歌舞伎町の巨悪に挑む。カラダを張った囮捜査で大ピンチ!!　団鬼六賞作家が描くハードボイルド・エロスの決定版。
さ31

実業之日本社文庫　好評既刊

沢里裕二
極道刑事　東京ノワール
渋谷百軒店で関西極道の事務所が爆破された。カチコミをかけたのは関東舞闘会。奴らはただの極道ではなかった…。「処女刑事」著者の新シリーズ第二弾！

さ37

橘　真児
童貞島
突如目の前に現れた美女・美少女を前に、島の住人たちは童貞の誇りと居住権を守れるのか？　名手が贈る性春サバイバル官能。

た71

睦月影郎
ママは元アイドル
幼顔で巨乳、元歌手の相原奈緒子は永遠のアイドルだ。大学職員の僕は、35歳の素人童貞。ある日突然、美少女が僕の部屋にやって来て…。新感覚アイドル官能！

む27

睦月影郎
性春時代　昭和最後の楽園
40代後半の春夫が目を覚ますと昭和63年（1988）に逆戻り。完全無垢な童貞君は、高校3年時の処女だった妻や、新任美人教師らと…。青春官能の新定番！

む28

睦月影郎
湘南の妻たちへ
最後の夏休みは美しすぎる人妻と！　純粋無垢な童貞君が、湘南の豪邸でバイトをすることに。そこにはセレブな人妻たちとの夢のような日々が待っていた。

む29

睦月影郎
快楽デパート
デパートに勤める定年間近の次郎は、はずみで占い師を抱き過去に戻ってしまう。そこには当時憧れていたデパガ達が待っていた！　傑作タイムスリップ官能！

む210

実業之日本社文庫 は67

いけない人妻《ひとづま》　復讐代行屋《ふくしゅうだいこうや》・矢島香澄《やじまかすみ》

2019年6月15日　初版第1刷発行

著　者　葉月奏太《はづきそうた》

発行者　岩野裕一
発行所　株式会社実業之日本社
〒107-0062　東京都港区南青山5-4-30
CoSTUME NATIONAL Aoyama Complex 2F
電話［編集］03(6809)0473［販売］03(6809)0495
ホームページ　http://www.j-n.co.jp/
DTP　ラッシュ
印刷所　大日本印刷株式会社
製本所　大日本印刷株式会社

フォーマットデザイン　鈴木正道(Suzuki Design)

ISBN978-4-408-55484-6（第二文芸）